"好了，伙伴们，"桃太郎说，"听听我的计划。
雉鸡先飞过城堡的大门啄食人魔。猴子爬过城墙，狠狠挠他。
狗和我一起砸碎门锁和门闩。狗去咬食人魔时，我便与他打斗。"
　　　　　　　　　　　　　　　　《桃太郎》

将军拿出了一件天之羽衣，
他扶起辉夜姬，把羽衣披到她的身上。
《辉夜姬》

他看见两位苗条的女子正手挽着手从昏暗处走过来。
其中一人提着灯笼，手柄上系着一束牡丹花。
《牡丹灯笼》

他的双眸热情如火，黝黑的脸颊透着红润。
他腰佩一柄千斤重剑，锦袍上还精心绣制着盛开的秋菊。
《春天恋人和秋天恋人》

他把绿柳带到溪流边。
盛开在岸上的鸢尾好似一把把利剑，而荷叶像一张张盾牌。
《绿柳》

石头上瞬间蹿起熊熊烈火，伴随着一声霹雳，巨石崩裂。
从火焰中走出了一个女子。
《狐女玉藻前》

好心的老公公爬上了一棵樱花树，在树枝上撒了一把灰烬。
转瞬之间，枝头繁花盛开。
《开花爷爷》

萤火虫女王可是有一大批追求者呢。
蛾子啦、金龟子啦、蜻蜓啦全都蜂拥到湖中的莲花旁,
他们心中充满了爱意。
《寻火之旅》

每年的七月七日，喜鹊就会从远方飞来，
张开翅膀，搭成一座脆弱的桥梁。
《星星恋人》

她的身影开始变得模糊，好似一个白雪形成的圆环，又似一团洁白的云雾。
不一会儿，这团影子就悬到了半空中。
《冰夫人》

她用一块镶着红边的白丝绸手帕包住笛子，
又用一根红绳系住丝帕，交给了父亲。
《笛子》

帆船慢慢向岸边漂了过去。
海面变得平静起来，泛起一片蓝色。
徐福看见岛上绿草茵茵，繁花盛开。
《蓬莱岛》

我乃地藏菩萨，负责守护孩童的灵魂。
听到他们在赛河原的河床上哭泣，我心生怜悯。
《破碎的神像》

（戈布尔插图本）

日本神话故事与传说

〔英〕格雷丝·詹姆斯 (Grace James) 著

〔英〕沃里克·戈布尔 (Warwick Goble) 绘

姜帆
王梓欢 译

北京联合出版公司
Beijing United Publishing Co.,Ltd.

献给加藤悦子小姐

格雷丝 · 詹姆斯
（*Grace James*, 1882—1965 年）

全名格雷丝 · 伊迪丝 · 玛丽昂 · 詹姆斯，英国儿童文学作家、日本民俗学研究者。她生于东京，父亲托马斯是一名英国海军军官，是一个访问日本的海军代表团中的一员，于 1873 年左右来到日本。格雷丝 12 岁时，举家搬回了英国。1910 年，她收集日本传统民间故事并加以改编，完成了《日本神话故事与传说》一书。除此之外，她还在 20 世纪 30 年代到 60 年代根据自己在日本的成长经历创作了"约翰与玛丽"儿童冒险系列。1936 年，她首次出版了自己在日本的回忆录——《日本：追忆与印象》。她累计出版过 26 部作品，逝于罗马，享年 82 岁。


沃里克 · 戈布尔
（*Warwick Goble*, 1862—1943 年）

戈布尔是一位儿童图书插画家，尤其擅长日本与印度主题的插画，是 20 世纪英国最杰出的插画家之一。他生于伦敦北部的多尔斯顿，早年为报刊绘制插画，水彩画是他的强项，1893 年，他的水彩作品就在皇家艺术学院展出。1896 年开始涉足图书插图，致力于为世界著名的科幻小说和童话民间故事绘制插画。他共为 22 本书绘制过插画，代表作有《世界之战》《水孩子》《孟加拉民间故事》《金银岛》等传世的插画经典。

本书中的神话和传说故事来源众多，其中数篇选自日本文学作品《古事记》，另有多篇记载着每代人的童年时光，最初从学生或保姆口中听到这些故事，根据其记忆改编而成。书中诸多人物已成为日本艺术舞台上备受欢迎的形象。在本书完成汇编前，多篇故事已被译为英文，以多种形式流传；其余故事可能为首个英文版本。

感谢马库斯·B. 休伊什先生为本书提供的《鼠先生嫁女儿》一篇；同时感谢T. H. 詹姆斯女士授权本书使用她翻译的《松山镜》英文版本。

# 目录
## *contents*

# 牡丹灯笼

　　有位武士名叫荻原,住在江户。他是旗本的武士,属于武士中最受人尊敬的一级。他仪态高贵,面容俊美,是很多江户女子明宠暗恋的对象。而他本人因为非常年轻,脑袋里多半想着享乐,而不是恋爱。从早到晚,他经常与城中快乐的青年人在一起嬉戏。不论在室内还是室外,他都是众星捧月的对象,带着大家纵情狂欢,经常和成群好友久久地在街上游荡。

　　新年来临时,在一个晴朗的寒冷冬日里,他发现身边有一群欢笑着玩板羽球的年轻男女。那天,他逛得太远,离开了自己在城中常去的地方,来到了江户另一头的郊区。这里的街道有些空荡荡的,一座座静悄悄的房子前都带着庭园。荻原娴熟而优雅地挥动着沉重的板羽球球拍。他接住镀金的板羽球,轻盈地把它抛到空中,但由于一时粗心失误,竟把板羽球抛了出去。球飞过玩伴们的头顶,又飞过附近庭园的竹篱笆。

　　他立马去追赶板羽球。同伴们大喊:"别追了,荻原,我们还有好几打板羽球呢。"

　　"不,"他说,"这只可是鸽灰色的,还镀了金。"

　　"笨蛋!"他的同伴们回答,"我们有六只板羽球,全是鸽灰色的,都镀了金。"

　　但荻原没理会他们,因为他鬼使神差地满心想把那只被他丢掉的板羽球找回来。

他翻过竹篱笆，从较远的一侧进入庭园，来到他以为板羽球掉落的地点，但球却不在那里。于是，他顺着竹子根部寻找，可怎么也找不到。他来回兜圈子，拿着板羽球球拍到处找，眼睛盯着地面，气喘吁吁的，好像丢了珍宝一般。朋友们呼喊着他，他却头也不回。同伴累了，便各自回家了。

天色渐暗，荻原看见有个姑娘正站在距离自己不远的地方，挥着右手招呼着自己，左手拿着一个鸽灰色的镀金板羽球。

武士高兴地叫出声来，跑上前去。姑娘后退了几步，仍然挥着右手召唤他。在板羽球的吸引下，武士跟上前去。就这样，他俩来到了庭园里的一幢房屋前。

屋前有三级石阶，最低的石阶旁种着一棵正在开花的梅树，而在最高的石阶边，站着一位非常年轻的美丽女子，身着节日里才穿的华丽服装。她的和服是水蓝丝绸质地，长长的袖子拖曳到地上，襦袢是绯红色的，织锦宽腰带又硬又沉、镶满金线。她头上的发簪是金子、玳瑁和珊瑚制成的。

荻原看见这位女子时，立马跪到了地上，前额贴地，向她致敬。

女子开口说话了，满脸笑意，好像孩子一般。"进我屋里来吧，荻原大人，旗本的武士。我是阿露。我亲爱的侍女，阿米，把你带到了我这儿。进来吧，荻原大人，旗本的武士。见到你，我真的很高兴。此时此刻是多么美好啊！"

于是，武士走进屋子。她们带着他来到一间十叠[1]大小的和室，

---

[1] 叠：是计算榻榻米的量词，一叠相当于1.62平方米。叠席即榻榻米。

开始为他表演。阿露小姐在他面前跳着古典舞蹈，侍女阿米则敲打着一个系着红缨的小鼓。

随后，她们在他面前摆上食物，有过节吃的赤饭，还有温热的甜酒。他吃喝得一干二净。

荻原准备离开时，夜已经深了。

"以后再来吧，尊敬的大人，再来吧。"侍女说。

"对啊，大人，你必须回来。"阿露小姐低语着。

武士笑了。"要是我不回来了呢？"他轻笑道，"不回来会怎样呢？"

阿露小姐一下子僵住了，孩童般的脸庞变得严肃起来，但她把手放在了荻原的肩膀上。

"那么，"她说，"死亡就会降临，大人。你我都会死去，别无选择。"

3

阿米颤抖起来，用袖子遮住了眼睛。

武士走入夜色之中，心中满是恐惧。

他花了很长时间去找自己的家，却怎么也找不到。在夜色中，他从沉睡中的城市的一头找到另一头。最后，当他找到熟悉的家门时，天都快亮了。武士荻原满是倦意地上床睡觉，大笑着说："我终究还是把板羽球落在那儿了。"

第二天，荻原一个人在屋子里坐了一整天。他把手放在胸前，细细思忖着，什么事都没有做。到了日暮时分，他说："这只是那两个艺伎对我玩的把戏。这的确很高明，但她们骗不了我！"

于是，他穿上最华丽的衣服，呼朋唤友去了。五六天过去了，他沉浸在骑马比武和郊游之中，欢乐无比。他头脑敏捷，精力充沛。

最后，他说了一句"天哪，我打心眼儿里讨厌这些"，然后便开始独自在江户的街道上游荡。

他从这座大城市的一头游荡到另一头，从早到晚，走街串巷，沿着山丘、护城河和城墙行走，却寻不到自己渴求的东西。他再也回不去那座板羽球落入的庭园，也难寻阿露小姐的踪影。他的灵魂无处安放，便病倒了，卧在床上，不吃不睡，日渐消瘦。

就这样，三个月过去了。转眼到了六月，在炎热潮湿的雨季里，他起床了。虽然忠诚的仆人都劝说他不要起床，他还是披上了一件宽松的夏日衣袍，飞快地走出门外。

"哎呀！哎呀！"仆人大喊，"这年轻人要么是发烧了，要么是疯了啊！"

荻原走起路来一点都没踉跄。他罔顾左右，径直向前，自言自语道："条条大路通向我爱人的住处。"不一会儿，他就来到了安静的郊区，看见一幢房屋的庭园外围着竹篱笆。荻原轻笑着，推开了篱笆。

"一模一样。"他说，"这就是我们上次见面的地方。"但他发现，庭园里一片凌乱，荒草丛生，三级石阶上覆盖着苔藓。一棵梅树生长在石阶边，惆怅地舒展着绿叶。屋子很安静，门窗紧闭，已然被遗弃荒废了。

武士站着思忖，身上渐渐凉了下来。大雨从天而降。

此时，一个老人走入庭园，对荻原说：

"先生，你在这儿做什么？"

"白梅已经凋谢了。"武士说，"请问阿露小姐在哪里呢？"

"她已经去世了。"老人答道，"五六个月前，她因为一场奇怪的急病去世了，被葬在山上的墓地里。她的侍女阿米为她陪葬，因为她不愿让女主人孤身一人在黄泉的长夜里漫步。我悼念着这两个美好的人儿，仍在照料这座庭园，但是我年纪大了，能做的事情也不多。

哦，先生，她们的确去世了。坟头已长满了青草。"

荻原回到家中，拿出一块纯白色的木板，用俊秀大字写下了阿露小姐的名字。然后，他把木板立起来，在木板前焚香，备好馨香的祭品，每样祭品都很恰当，然后开始恭敬地诵读经文。他之所以做这些，全是为了超度亡灵。

迎接亡灵的盂兰盆节就要到了。江户市民纷纷提着灯笼去上坟，他们带着食物和鲜花祭奠挚爱的先人。七月十三日，也就是盂兰盆节当天，荻原在晚上走进庭园乘凉。夜里一片漆黑，没有一丝风。一只蝉躲在石榴花的花蕊里，不时地尖声鸣唱。圆池里，一条鲤鱼时而跃出水面。除此之外，万籁俱寂，甚至连叶片都纹丝不动。

子夜过后，荻原听到庭园篱笆外的小路上，传来了渐行渐近的脚步声。

"女人的木屐声。"武士说道，他凭着空洞的回响声判断了出来。视线越过蔷薇树篱，他看见两位苗条的女子正手挽着手从昏暗处走过来。其中一人提着灯笼，手柄上系着一束牡丹花。这正是人们在盂兰盆节期间用来祭祀亡灵的灯笼。灯笼随两位女子的脚步摇曳着，投射出模模糊糊的光线。当她们走到与武士仅隔一道篱笆的地方时，扭过头来，看着武士。他立马认出了她们，大叫起来。

姑娘举起牡丹灯笼，照亮了武士。

"荻原大人，"她哭喊道，"这可真美妙啊！大人，我们听说你已经去世了。这几个月来，我们每天都在为您的灵魂念佛超度！"

"进来吧，进来吧，阿米。"他说，"你挽着的真是你的女主人吗？是我的阿露小姐吗？……哦，我的爱人！"

阿米答道："还能有谁呢？"于是，两人从庭园大门走了进来。

但是，阿露小姐抬起袖子，遮住了脸庞。

"我怎么就找不到你们了呢？"武士问，"当时我怎么就找不到你们了呢，阿米？"

"大人，"她说，"我们搬去了一间很小的屋子。那栋小房子在城里一个名叫绿丘的地方。我们什么都没带去，在那段日子里不得不苦苦煎熬，生活越来越贫困。小姐心里既悲伤又带着期许，日渐憔悴。"

听罢，荻原拉住小姐的袖子，轻轻地移开，露出了她的脸庞。

"大人，"她啜泣着，"你不会再爱我了。我已不再美丽。"

但是，当武士一看见爱人时，爱意便像烈火般燃烧起来，似乎从头到脚在震颤着。他一句话都说不出来。

"大人，"她垂下头低语道，"我是该走还是该留？"

"留下来。"他说。

在天将破晓之时，武士沉沉地睡着了。醒来时，他发现自己一个人沐浴在明亮的晨光中。他立马从床上爬了起来，走出门外，急急地走向江户城中名叫绿丘的地方。他在那儿打听着阿露小姐的住处，但没有一个人能给他指明道路。他到处寻找，却一无所获，觉得自己再度失去了他亲爱的阿露小姐，便垂头丧气地往家走。

在经过一间寺庙门前的空地时，他注意到了两座并排的坟墓。其中一个坟头小而隐蔽，而另一个坟头上竖立着华丽的墓碑，看上去像是葬着一位大人物。墓碑前挂着一盏灯笼，手柄上系着一束牡丹花。这正是人们在盂兰盆节期间用来祭祀亡灵的灯笼。

武士久久地站立着，像是在做梦一般。随后，他微微一笑，说：

"'我们搬去了一间很小的屋子……那栋小房子在……绿丘……我们什么都没带过去，不得不苦苦煎熬，生活越来越贫困……小姐心中怀着悲伤和期许，日渐憔悴……'那虽是一间小屋子，一间黑暗的屋子，但你还为我腾出了空间，哦，我的爱人，我憔悴的人儿。我们的爱经历了十个轮回，现在不要离开我……我亲爱的。"说罢，他便朝家里走去。

忠诚的仆人见到他，大喊：

"您在烦恼什么，主人？"

他说："何出此言？没有什么事情困扰着我……我再欢喜不过了。"

仆人在离开时却哭着说："他脸上有死亡的征兆……我呢，我是不是该像搂着孩童那样抱住他呢？"

连续七天，每个晚上，无论天气好坏，提着牡丹灯笼的女子都会来到获原的住所。她们在子夜过后来到这里，发出神秘的呼唤声。生者和逝者借由强烈的幻象联结在一起。

在第七天的晚上，武士的仆人在恐惧和悲伤中醒来，壮着胆子透过木制百叶窗的缝隙，偷瞥大人的房间，却被眼前一幕吓得汗毛倒竖，血液凝结：获原正躺在一个可怕的怪物怀中，对着那张恐怖的面庞微笑，还用慵懒的手指抚摩着它阴湿的绿色衣袍。第二天一早，仆人前去造访他熟悉的一位僧人。他说完这件事情后，问僧人："获原大人还有救吗？"

"唉！"僧人说，"谁能阻挡业因的力量呢？虽说如此，他还有一线生机。"于是，在僧人的指点下，仆人在夜幕降临前在主人屋子的每扇门窗上都贴上了经文，又在主人的丝绸腰带里卷了一个如来佛金徽章。在仆人完成这些事情后，获原变得像一摊水一样虚弱不堪。仆人挽着他的胳膊，扶他躺回床上，轻轻为他盖好被子，看着他沉沉睡去。

子夜过后，庭园篱墙外的小路上传来了脚步声。声音越来越近，慢慢停了下来。

"这是什么意思，阿米，阿米？"一个哀怨的声音响起，"房子静悄悄的。我怎么没看见我的大人？"

"回家吧，亲爱的小姐，荻原已经变心了。"

"我不要，阿米，阿米……你必须想个法子带我到大人那儿去。"

"小姐，我们进不去了。你看，每扇门窗上都贴着经文……我们可能进不去了。"

阿露发出痛苦的哭泣声，还夹杂着长久的哀号。

"大人，我经历了十个轮回，依然爱你。"说罢，脚步声渐渐远去，消失了。

次日晚上，一切照旧。荻原虚弱地躺在床上，由仆人照料着；亡魂过来了，又抽泣着离开了。

第三天，荻原去沐浴时，一个小偷顺走了他腰带里的如来佛金徽章。荻原没发觉。但那天晚上，他躺在床上辗转难眠。仆人倒是因为看护得太辛苦，睡着了。不一会儿，一场大雨倾盆而至，不眠的荻原听到了雨滴落在屋顶上的声音。天空好像开了一道口子，雨下了几个小时。雨水把荻原的卧室四壁窗户上的经文扯碎了。

子夜过后，庭园篱墙外的小路上传来了脚步声。声音越来越近，慢慢停了下来。

"这是最后一次了，阿米，阿米，请把我带到大人那儿去吧。想想这经历了十个轮回的爱情吧。业因的力量是多么强大啊！肯定有法子可以……"

"进来吧，我的爱人。"荻原高声呼唤道。

"大人，开门吧……把门打开，我就进来了。"

但是，荻原怎么都下不了床。

"进来吧，我的爱人。"荻原再次唤道。

"虽然分隔像利剑般刺痛着我，我却无法进来。我们在承受前世的孽债。"阿露小姐一边说话，一边像游魂般悲叹了起来。但阿米牵住了她的手。

"看，这扇圆窗。"阿米说。

她俩手牵着手，从地面上缓缓地飞了起来，好似一团烟雾，穿过了没有经文护卫的窗户。武士第三次唤道："到我这儿来吧，我的爱人！"

这次，武士听到了回答："大人，我来了。"

在晦暗的清晨，荻原的仆人发现自己的主人浑身冰冷，已经死了。他的脚边有一盏牡丹灯笼，燃着诡异的黄色火苗。仆人战栗着，捡起灯笼，吹熄了火苗。"我无法接受这一切。"他说。

# 辉夜姬

　　从前有一个伐竹翁，名叫竹鸟。他虽然贫穷，却诚实正直，非常勤劳，和善良的老妻住在山上的茅屋里。老夫妇很可怜，晚年膝下没有儿女。

　　一个夏天的早晨，竹鸟早早起床，像往常一样上山砍竹子。他要把砍下的竹子拿到镇上去卖，以此养家糊口。

　　伐竹翁爬上陡峭的山坡，来到一片竹林，已累得气喘吁吁。他掏出毛巾擦了擦额头上的汗珠。"唉，我这把老骨头！"他叹道，"我不再年轻啦，老伴也一样，却没有一男半女陪伴我们度过晚年，真是悲哀呀！"他一边伐竹一边叹气。

　　突然，他看到葱翠的竹林中有什么东西在闪闪发光。

　　"会是什么呢？"竹鸟疑惑道，竹林里通常是幽暗无光的。"是阳光吗？"他猜测，"不，不会的，因为亮光是从地面照过来的。"他推开竹枝向前穿行，想看看光究竟是从哪里来的。走近一看，发现亮光来自一棵粗壮绿竹的根部。竹鸟用斧子砍倒竹子，发现竹筒里有一颗闪闪发光的美丽绿宝石，足足有他两个拳头那么大。

　　"太神奇了！"竹鸟不禁惊呼，"太神奇了！我砍了三十五年竹子，这还是第一次在竹子里发现绿宝石。"说着，他拾起宝石。就在这时，伴随着一声巨响，宝石突然裂开了，难以置信的是，一个小女孩正站在竹鸟的手掌上。

女孩身姿纤细，却非常漂亮，穿着绿色的丝绸裙子。

"你好，竹鸟。"她跟竹鸟打了个招呼。

"天哪！感谢上天。"竹鸟感叹道，然后又问小女孩，"我冒昧地问一句，我猜你是个仙女吧？"

"您说对了。"她回答，"我是个仙女，我会陪您和老婆婆生活一段日子。"

"什么？"竹鸟吃了一惊，"对不起，我们穷得叮当响。我们的小屋子虽然还不错，却不适合像你这样的小姐居住。"

"那一大颗绿宝石在哪里？"仙女问。

竹鸟捡起碎成两半的宝石。"我的天哪，里面全是黄金。"他惊呆了。

"这足够我们生活了。"仙女说，"好了，竹鸟，我们回家去吧。"

他们走到家门口。"老伴儿！老伴儿！"竹鸟呼喊，"有一个仙女来和我们一起生活了，她给我们带来了柿子那么大的闪亮宝石，里面装满了黄金。"

善良的妻子忙跑来应门。她几乎不敢相信自己眼前的情景。

"发生什么事啦？"她问，"什么又是柿子又是黄金的？柿子我倒是经常见——黄金嘛，我还真没见过。"

"别唠叨了，老太婆。"竹鸟说，"真没见识哟。"说着，他把仙女带进了家。

仙女神速地长大了。一转眼的工夫，她就出落成亭亭玉立的少女，如早晨般清新美丽，如正午般明媚和煦，如傍晚般亲切恬静，又如黑夜般深沉内敛。竹鸟叫她"辉夜姬"，因为她从闪亮的宝石里出生，夜间也光彩照人。

竹鸟每天都能从宝石中拿到许多黄金。他变得富裕起来，不用再过省吃俭用的日子，生活宽裕有盈余。他盖了一座漂亮的房子，雇了用人伺候他。辉夜姬更是得到了公主般的宠爱。她的美貌远近闻名，许多男子都慕名前来，想赢得她的芳心。

她却统统拒绝了他们。"竹鸟和老婆婆才是我最亲爱的人，"她说，"我会一直和他们生活，当他们的好女儿。"

他们在一起度过了三年幸福的时光。第三年，天皇亲自来向辉夜姬求亲。他是个勇敢的爱慕者。

"小姐，"他说，"向你鞠躬，向你致敬。美丽的姑娘，做我的皇后吧。"

辉夜姬叹了口气，一时间热泪盈眶，只好用衣袖半掩芳容。

"陛下，我不能。"她说。

"不能？"天皇问，"为什么不能，辉夜姬？"

　"我有难言之隐，陛下。"

七个月后，辉夜姬因为悲伤过度而变得非常虚弱，无法外出行走，只能待在竹鸟家的庭园长廊上。她白天在庭园静坐沉思，夜晚仰望月亮和星星。一个满月之夜，辉夜姬、侍女、竹鸟夫妇和天皇，一同坐在庭园里赏月。

"月光真明亮啊！"竹鸟赞叹道。

"可不是，"老婆婆附和道，"就像擦得锃亮的黄铜锅。"

"可是它多么苍白黯淡啊！"天皇说，"就好像悲伤绝望的相思者一样。"

"它的光芒洒得好远！"竹鸟说，"好像从月亮上伸出一条天路通向我们的庭园长廊一样。"

"哦，亲爱的养父，"辉夜姬叹道，"您说得不错，它确实是一条路。今夜，天兵天将会飞下来接我回去。我的父亲是月王。我违背了他的旨意，他将我贬谪人间流放三年。如今三年期满，我要返回故园了。啊，我好舍不得离开！"

"雾气正在下沉。"竹鸟说。

"不，"天皇说，"那是月王的兵马。"

成百上千的月王军举着火把降临人间。他们安静肃穆，照亮了庭园长廊。将军拿出了一件天之羽衣，他扶起辉夜姬，把羽衣披到她的身上。

"别了，竹鸟。"她说，"别了，亲爱的养母，我把宝石留给你们当作念想……至于你呢，陛下，我好想让你和我同去——可惜你没有羽衣。我留给你一瓶不死之灵药。喝下去，陛下，你就能长生不老了。"

随后，她展开闪亮的翅膀，月王军紧随其后。他们一起从天路飞向月亮，直至消失不见。

天皇手握长生不老药，爬上了帝国最高的山峰。他用熊熊烈火烧尽了长生不老药，说："和辉夜姬分别了，永生于我何益？"

长生不老药消失了，化为一缕蓝色烟雾飘向长空。天皇说："希望我的思念能和雾气一起升天，传达给我的辉夜姬。"

# 桃太郎

如果你相信我，就会知道，在过去，神仙不像如今这样不露真容。野兽也通晓人语，符咒、妖术和魔法在世间随处可见，遍地的珍宝等着人们挖掘，很多奇异的事物等待人们去探索。

从前，有一个老公公和一个老婆婆离群索居。他们非常善良，却十分贫穷，没有孩子。

一个阳光明媚的日子，老婆婆问："老头子，你今早有什么打算啊？"

"哦，"老公公回答，"我打算带着我的砍刀上山砍柴，好生火。你有什么打算呢，老太婆？"

"哦，我要去河边洗衣服。今天是洗衣服的日子。"老婆婆说。

于是，老公公上了山，老婆婆则去了河边。

就在老婆婆浣衣的时候，她看见一个熟透了的桃子顺着河水漂过来，桃子通体红润，个头儿非常大。

"今早真走运呀。"老婆婆说，然后用劈开的竹竿把桃子拉到了岸上。

等到老公公下山回家，她把桃子放到他面前。"老头子，快吃了吧。"她说，"这是我在小溪里发现的幸运桃，专门带回来给你吃的。"

可是老公公却没能尝到一口桃子。这是为什么呢？

因为突然间，桃子裂成了两半，里面没有桃核，却有一个相貌漂亮的男婴。

"我的天哪！"老婆婆说。

"我的天哪！"老公公说。

婴孩先是吃掉了桃子的一半，然后又吃光了另一半。

吃完后，他变得更俊俏、更结实了。

"桃太郎！桃太郎！"老公公叫道，"桃子的大儿子。"

"名副其实。"老婆婆很赞同，"他是从桃子中诞生的。"

两位老人精心地抚养桃太郎，很快，他就成了当地最强壮、最勇敢的男孩子。老两口都以他为荣。邻居们都点头交口称赞："桃太郎是个好小伙儿！"

"娘，"有一天，桃太郎对老婆婆说，"给我多做些糯米团子吧。"

"为什么要那么多糯米团子呢？"母亲问。

"因为呀，"桃太郎说，"我想出趟远门，去探险，我在路上需要吃糯米团子。"

"你想去哪儿呢，桃太郎？"母亲问。

"我想去魔岛，"桃太郎说，"去寻找宝藏，您要是能尽快做好很多糯米团子就太好啦。"他说。

于是老两口便为他准备了许多糯米团子，他把它们装在一个袋子里，系在腰间，然后就出发了。

"再见，祝你好运，桃太郎！"老公公和老婆婆向他告别。

"再见！再见！"桃太郎喊道。

他没走多远便遇上了一只猴子。

"吱吱！吱吱！"猴子叫道，"你到哪儿去啊，桃太郎？"

桃太郎回答："我去魔岛探险。"

"你腰带上挂的小袋子里装的是什么？"

"这你可问着了，"桃太郎回答，"没错，我这里装着全日本最好吃的糯米团子。"

"请给我一个吧。"猴子说，"我会跟你一起走。"

于是桃太郎给了猴子一个糯米团子，他们一起上路了。没走多远又碰到一只雉鸡。

"咕咕！咕咕！"雉鸡叫道，"你往哪儿去呀，桃太郎？"

桃太郎回答："我去魔岛探险。"

"那么你的袋子里装着什么呢，桃太郎？"

"装着全日本最好吃的糯米团子。"

"给我一个吧，"雉鸡说，"我会跟你一起去。"

桃太郎又给了雉鸡一个糯米团子，现在他有两个伙伴同行了。

他们没走多远便遇上了一只狗。

"汪！汪！汪！"狗叫道，"你要去哪儿，桃太郎？"

桃太郎回答："去魔岛。"

"你的袋子里装着什么啊，桃太郎？"

"全日本最好吃的糯米团子。"

"请给我一个，"狗说，"我就跟你一起去。"

桃太郎便给了狗一个糯米团子，四个伙伴一起上路了。他们走呀走，终于到了魔岛。

"好了，伙伴们，"桃太郎说，"听听我的计划。雉鸡先飞过城堡的大门啄食人魔。猴子爬过城墙，狠狠挠他。狗和我一起砸碎门锁和门闩。狗去咬食人魔时，我便与他打斗。"

激烈的战斗开始了。

雉鸡飞过了城堡的大门："咕咕！咕咕！咕咕！"

桃太郎砸碎门锁和门闩，狗与他一起跳进城堡的庭院："汪！

汪！汪！"

勇敢的伙伴们和食人魔一直战斗到日落，终于大获全胜。他们用绳子把抓获的妖魔捆了起来，还真抓了不少。

"现在，伙伴们，"桃太郎说，"把食人魔的财宝拿出来吧。"

伙伴们取来了珍宝。

这里真的有数不清的珍宝。有魔法宝石、隐形帽与隐形衣、金银、翡翠、珊瑚，还有琥珀、玳瑁和珍珠母。

"财宝大家一起分享。"桃太郎说，"伙伴们，挑选你们喜欢的带走吧。"

"吱吱！吱吱！"猴子叫道，"谢谢，我亲爱的桃太郎大人！"

"咕咕！咕咕！"雉鸡叫道，"谢谢，我亲爱的桃太郎大人！"

"汪！汪！汪！"狗叫道，"谢谢，我亲爱的桃太郎大人！"

# 狐女玉藻前

　　背着行囊的小贩走在通往京都的康庄大道上。他看到一个小孩独自坐在路边。

　　"咦，小姑娘，"他问，"你怎么一个人待在路边啊？"

　　"你又为什么在这里？"小孩反问，"还拄着木棍，背着行囊，连鞋子都磨破了？"

　　"我要去京都，去天皇的宫殿，把这些华丽的饰品卖给宫廷女眷。"

　　"哦，"小孩说，"把我也带上吧。"

　　"你叫什么名字，小姑娘？"

　　"我没有名字。"

　　"你的家乡在哪儿？"

　　"我没有家乡。"

　　"你差不多七岁吧？"

　　"我不知道自己几岁。"

　　"那你为什么在这里？"

　　"我在等你呀。"

　　"你等了多久了？"

　　"一百多年了。"

　　小贩笑了起来。

"带我去京都吧。"小孩说。

"你愿意的话就跟我走吧。"小贩说。

他们就一起上路了，很快到了京都的皇宫。小孩为威严的天皇跳了一支舞。她的舞姿优美轻盈，就像海鸟在浪尖上起舞。一曲舞毕，天皇把她叫到跟前。

"小姑娘，"他说，"你想要什么赏赐？什么都行！"

"哦，陛下，"小孩说，"我不能要……我害怕。"

"说吧，别害怕。"天皇说。

小孩小声说："让我留在您恢宏明亮的宫殿里吧。"

"我准了。"天皇说，他将孩子接到他的宫里，给她取名叫玉藻前。

玉藻前能很快精通每一门技艺。她不仅歌喉动人，还能弹奏各种乐器；她的画技超过了许多画家；她绣工精湛，擅长纺织；她写的诗句能让人恸哭，也能让人开怀；她能轻松记下几千字，对艰深的哲学思想如数家珍；她通晓儒学、佛学经典和汉学精华。她出落成了世人所谓的"精致完美""金玉其质"或"美玉无瑕"。

天皇很爱慕她。

他很快把君王之责和国事政务全抛在脑后，日夜让玉藻前陪在身边。他变得粗野、暴躁、喜怒无常，随从都害怕侍奉他。渐渐地，天皇整日无精打采，倦怠无力，郁郁寡欢，病恹恹的，御医也束手无策。

"呜呼哀哉！"他们痛心疾首，"陛下这是怎么了？他一定是被妖怪迷了心窍。悲哀！悲哀！我们已经无力回天了。"

"统统都滚出去！"天皇大喊，"全是一群废物。至于我，我想怎么样就怎么样。"

他疯狂地迷恋着玉藻前。

他把她带到自己的避暑行宫，为她准备了大型宴会。宴会邀请了所有身居高位的人：王子、高门显贵和贵妇，悉数前来赴宴。整个行宫推杯换盏，一片狼藉，天皇面无血色、近乎疯狂地沉湎于酒色，玉藻前身穿霓裳羽衣坐在他身旁，她美丽绝伦，不停地用金酒壶为天皇斟倒清酒。

他望着她的双眼。

"其他所有女人在你面前都黯然失色。"他说，"她们甚至都不配触碰你的衣袖。哦，玉藻前，我多么爱你……"

天皇大声地说着，所有人都听见了，他们只有苦笑。

"陛下……陛下……"玉藻前娇嗔着。

正当众人共享盛宴之时，天空突然乌云密布，星月无光。刹那间，一阵阴风袭来，吹灭了宴会大厅里所有的灯火。紧接着暴雨倾盆。众人在一片漆黑中惶惶不安起来。侍臣慌张地跑来跑去，只听到混乱中人们惊声尖叫，宴会的桌子被掀翻了，杯盘狼藉，清酒飞洒在白色叠席上。这时，一道亮光刺破黑暗。这缕光线来自玉藻前，只见她身上蹿起了一丛丛火光。

天皇大惊，撕心裂肺地喊了三次她的名字："玉藻前！玉藻前！玉藻前！"喊完之后当即昏厥在地上。

几天过去了，他还没有醒过来，既像在沉睡，又像是死了一般，谁也不能把他从昏迷中唤醒。

国内的智者和苦行僧聚集到一起向神仙祈求，找来了阴阳师安倍泰亲。他们说：

"安倍泰亲，您通晓鬼神之事，可否为我们查明陛下怪疾的原因，并看看能否治愈？为我们占卜吧，安倍泰亲。"

于是，安倍泰亲开始占卜，他走到众人身前说：

"美酒虽香醇，余韵尤苦涩。

勿食金柿子，内里已堕落。

猩红百合美，不详切莫折。

何为美？

何为智？

何为爱？

色即是空，不可上当！"

智者说："说明白点，安倍泰亲，你说得太晦涩，我们听不懂。"

"我还会有所行动的。"安倍泰亲说道。随后便斋戒祈祷三日，并从寺庙里拿了神圣的御币[1]，在智者面前挥动，一一触碰他们。他们一起去了玉藻前的闺阁，安倍泰亲把御币拿在右手中。

玉藻前正坐在闺阁里梳妆打扮，侍女在一旁侍候。

"大人，"她问，"您不请自来，找我有何事？"

"玉藻前夫人，"阴阳师安倍泰亲说，"我依照中国流行的调子写了一首歌。您精通诗赋，请您品评一下我这首歌。"

"我没心情听歌。"她说，"陛下还躺在那里奄奄一息呢。"

"可是，玉藻前夫人，我这支歌您一定要听听。"

"为什么，如果我一定要……"她说。

---

[1] 御币（Gohei）：日本神道教仪礼中献给神的纸条或布条，穿起来悬挂在直柱上，折叠成若干"之"字形。一般有三种用途：用来供奉在神像前；用来除魔；用来祈祷和"清洁"。

这时安倍泰亲已经唱起来：

"美酒虽香醇，余韵尤苦涩。

勿食金柿子，内里已堕落。

猩红百合美，不详切莫折。

何为美？

何为智？

何为爱？

色即是空，不可上当！"

阴阳师安倍泰亲唱歌的时候，走向玉藻前，用神圣的御币触碰了她。

她发出一声可怕的尖叫，转瞬之间她的身体变成了一只金色的大九尾狐。狐狸从闺阁中落荒而逃，一直跑到遥远的那须野，藏在平原上的一块黑色巨石下。

天皇的病立即痊愈了。

不久以后，关于那须巨石的奇闻在民间传得沸沸扬扬。有人说从石头下流出了毒液，所到之处百花凋零。不管是人还是牲畜，只要喝了溪水就会暴毙而亡。不仅如此，没有人能活着接近那块石头。在石头的阴凉中休憩的旅人再也无法醒来，落在石头上歇脚的小鸟会立刻死去。人们管那块石头叫"杀生石"，这个名字流传了百年。

有一位名叫玄翁的高僧背负行囊，拿着化缘钵周游各地。当他路过那须，当地居民纷纷为他送来饭食。

"哦，长老，"他们提醒道，"千万小心那须的杀生石。别在石头下面歇脚。"

可是玄翁冥思了一会儿，回答道：

"知道吗，孩子，佛经有云：'一切众生，悉有佛性。'一草一木一石，都可进入涅槃。"

他还是走向杀生石，点燃香火，用法器敲击石头，然后说："出来吧，杀生石之灵；出来吧，我在召唤你。"

石头上瞬间蹿起熊熊烈火，伴随着一声霹雳，巨石崩裂。从火焰中走出了一个女子。

她停在高僧面前，说：

"我是'精致完美'玉藻前，
灿灿金毛九尾狐。
精通东方妖蛊术：
印度王子被我惑 [1]；
契丹之国因我灭 [2]。
智慧美貌于一体，
却是邪恶之化身。
佛法困我一百年；
泪水蹉跎我容颜。
请求高僧宽恕我，
放我平安把家还。"

[1] 传说中的妖狐玉藻前曾化身为摩揭陀国斑足太子的王妃华阳天。
[2] 契丹（Cathay）：古文、诗歌用语中的中国。传说九尾狐曾化身为绝色美女妲己，魅惑商纣王帝辛，促使商朝灭亡。

"可怜的魂魄啊。"玄翁说，"拿上我的行囊和化缘钵，踏上忏悔之路吧。"

玉藻前披上僧袍，一只手接过行囊，另一只手接过化缘钵。随后，从世人眼前消失了。

"噢，如来佛啊！"玄翁叹道，"还有慈悲的观音菩萨，请您宽恕玉藻前，让她有一天也能进入涅槃吧！"

# 开花爷爷

很久以前，有一对善良的老夫妇，他们诚实又勤劳，日子却过得很清贫。如今，他俩上了年纪却家无余财，实在可怜。

老夫妇没有任何怨言，随遇而安。就算吃不饱、穿不暖，也不会怨天尤人；他们非常喜欢自家的那条狗，只要家里有一口吃的，就会分一点给狗吃。狗儿忠实、听话又聪明。一天晚上，老公公和老婆婆到菜园里挖菜，狗儿跟在他们身后。

他们干活的时候，狗在地上嗅来嗅去，然后开始用爪子刨土。

"狗怎么了？"老婆婆问。

"哦，没什么，"老公公说，"它自己玩呢。"

"看着不像在玩，"老婆婆说，"我猜它是发现了什么宝贝。"

她过去查看狗到底发现了什么，老公公拿着铁锹跟在她身后。狗已经刨开了一个大洞，还在继续用爪子刨土，并短促尖厉地吠着。老公公赶忙用铁锹帮忙一起挖，没过多久，他们挖出了一个装满金银珠宝的大箱子。

两位老人很开心。他们拍了拍这条聪明的狗，它跳起来舔他们的脸颊。老夫妇把宝贝搬回屋，狗一边叫着一边跑来跑去。

这对善良的老夫妇的隔壁也住着一对老夫妇，心眼儿却没他们这么好。他们嫉妒这老两口，心生不满。他们透过竹篱笆目睹了狗找到宝贝的全过程。他们怎么会高兴呢？一点都不会。他们愤愤不平、嫉妒不已，为了这件事整日寝食难安。

最后，这位坏老头来找善良的老公公。

"我想借你家的狗用用。"他说。

"当然可以。"好心的老公公说，"带它去吧，欢迎再来。"

于是，坏老头就把狗带到了他们家的客厅。他的老伴做好了晚饭，把很多美味的饭菜摆在狗面前，让它享用。

"尊敬的狗先生，"他们说，"你既善良又聪明，吃吧，吃完了好帮我们找宝贝。"

狗却不吃饭。

"那就留给我们吃了。"贪婪的老夫妇说。于是，他们风卷残云般地吃光了给狗准备的晚饭，然后给狗套上项圈，拽着它到菜园寻宝。可它却没找到一件宝贝，就连一小块金子、一点宝石的影子也没找到。

"这个畜生。"坏老头气急败坏地说，开始用大木棒打它，狗这才开始用爪子刨土。

"噢！噢！"坏老头对他妻子说，"它正在挖宝贝呢。"

但狗挖到的真是宝贝吗？完全不是。挖出的是一堆恶臭熏天的垃圾，熏得恶毒的老夫妇用衣袖捂住鼻子撒腿就跑。

"哎呀！哎呀！"他们喊，"狗骗了我们。"二人当天夜里把这只可怜的狗杀死了，埋在一棵高大的松树底下。

好心的老公公和老婆婆听说狗死了，伤心不已，痛哭流涕，在狗的坟墓上铺满了鲜花。他们给狗上了香，还在狗的坟前摆了很多好吃的东西，以此来安抚可怜狗儿的灵魂。

后来，好心的老公公砍了棵松树，用松木制成了一个研钵。他在研钵中盛满稻米，用杵把稻米捣碎。

"太神奇了！"老公公专注地看着研钵，喊道，"太神奇了！善有善报，我们的稻米变成了很多金币！"

这下老两口可以衣食无忧了！

不久，坏老头前来借研钵。

"我想用那个特别的研钵。"他说。

"拿去用吧。"好心的老公公说，"欢迎再来。"

坏老头把研钵夹在胳肢窝下带走了。回到家，他立即在研钵里装满了米。为了过上锦衣玉食的生活，他开始捣米。

"你看到金子了吗？"他问在一边看着的妻子。

"一点也没有。"她说，"但稻米看起来很奇怪。"

还真是奇怪，稻米发霉腐烂了，人和牲口都没法吃了。

"哎呀！哎呀！"二人叫道，"研钵骗了我们。"他们拔了些干草，一把火把研钵烧了。

善良的老夫妇又失去了他们神奇的研钵，但好脾气的他们却没有埋怨他们的邻居。好心的老公公只是抓了一把研钵的灰烬带回家。

时值冬至，树木全都光秃秃的，百花凋零，一片绿叶也看不到。

好心的老公公爬上了一棵樱花树，在树枝上撒了一把灰烬。转瞬之间，枝头繁花盛开。

"这样就行啦。"好心的老公公说。他从树上下来，来到王子居住的宫殿，大胆地敲响大门。

"你是谁？"守卫问。

"我是开花爷爷。"老人说，"我可以让死树开花，我有事找王子。"

王子又惊又喜地看到自己的樱花树、桃树和李树上鲜花绽放。

"怎么回事？"王子说，"现在是仲冬，我们却看到了春天的美景。"他把王妃、婢女和所有侍从召来，欣赏开花爷爷的杰作。最后，他给了老人一大笔赏赐，让他回家了。

现在，那对坏夫妇怎么样了呢？他们会善罢甘休吗？当然不会。

他们把所有散落的灰烬收集在篮子里，走到镇子上大喊：

"我是开花爷爷。我可以让死树开花。"

不久，王子和王室成员前来赏花。坏老头爬上一棵树，撒了一把灰。

那棵树却没有开花，一朵花也没有。灰烬飞进了王子的眼睛里，他勃然大怒。恶有恶报，这对坏夫妇被抓起来打了一顿，他们当晚悲伤难过地爬回家里。希望他们能从此改邪归正。而他们的邻居——善良的老夫妇，从此过上了富足、幸福的生活。

# 笛 子

很久以前，有一位绅士住在江户。他家境优渥，言谈诚恳，妻子温柔可爱。可他的心里有个悲伤的秘密，那就是妻子没有给他生一个儿子，只生了一个女儿，名叫阿米，意为"稻穗"。两人都爱女如命，视她为掌上明珠。孩子渐渐出落得红润而白皙，眉眼如柳叶，身材挺拔苗条似绿竹。

在阿米十二岁那年的秋天，她的母亲因生病而憔悴不堪，变得消沉起来。还没等到枫叶褪去红色，她就去世了，被安葬在黄土之下。丈夫痛苦不已，放声大哭，捶胸顿足，倒地不起，对别人的安慰也置之不理。好几天来，他茶不思饭不想，夜不能寐。阿米也变得异常沉默。

日子一天天地过去了，男人不得不开始照料他的生意。冬雪落下，覆盖了妻子的坟头。从家宅通向坟墓的小径已被踏平，也被雪掩盖了起来。孩子穿着便鞋走在小径上，虽留下浅浅足印，却惊扰不了这片雪地的静谧。

春天到了，男人束紧衣袍，出门赏樱，尽情享乐，在金箔纸上写下一首歌颂春日和清酒的诗，系在樱花枝上，任其随风摇曳。接着，他种下了一株象征着遗忘的橙色百合，从此便不再惦念妻子了。但孩子仍想念着自己的母亲。

那年年底，他续娶了妻子。这个女人虽然面容姣美，心肠却很坏。可怜这男人被愚弄了，开心地把自己的孩子托付给这个女人，误以为万事都很妥帖。

由于父亲喜爱阿米，她的继母便打心眼儿里讨厌、嫉妒她，好似有深仇大恨，每天待她很是残酷。孩子温顺、忍耐的反应只让她更加气恼，但惧于丈夫在场，她便不敢对阿米下更狠的毒手，只能静候时机。可怜的孩子在巨大的折磨和恐惧中度过日日夜夜，却对父亲只字不提这些事。她觉得作为女儿理应如此。

过了一段日子后，男人为了做生意，要去一个遥远的城市——京都。无论是步行还是骑马，从江户出发都需要好几天才能到达京都。然而，男人却必须要去，还要在那里至少住三个月。因此，他和他的随行仆人整装待发。

转眼间就到了临行的前夜。第二天一大早，他就要走了。

"到这儿来，我的宝贝女儿。"他把阿米叫到身边。阿米便走过去，跪在他面前。

"你想让我从京都带些什么礼物回来呢？"他问。

可她垂下了脑袋，一言不发。

"快说吧，没礼貌的小家伙。"他催促她，"你是想要一把金扇子、一卷丝绸，还是新款的红缎和服腰带，或是绘有精美图案的板羽球球拍和好多羽毛轻轻的板羽球呢？"

听罢此话，阿米难过地哭了起来。他把她抱到膝上，安慰着她。但阿米用袖子遮着脸蛋，一边撕心裂肺地哭着，一边说："噢，父亲，父亲，父亲，不要走——不要走！"

"但我必须得走，我的心肝啊。"他答道，"我很快就会回来的——很快，还没等你发现我走了，我就又带着礼物回家来了。"

"父亲，带我一起走吧。"她说。

"唉，可这旅途遥远，小姑娘怎么能受得了？我的小游客啊，你愿意走路和骑马吗？你又怎会适应京都的小客栈？算了吧，宝贝，留在家里。我出门时间不长，你的好妈妈会照料你的。"

阿米在他的怀中颤抖起来。

"父亲，您如果走了，以后就再也见不到我了。"

父亲心中一阵战栗，一时语塞，却并没把阿米的话当真。他，一个堂堂的成年男人，怎会因一个孩子的幼稚想法而动摇行程？他温柔地把她从膝上放下来。阿米如幻影般悄悄走开了。

次日清晨，阿米在日出前来到父亲面前，手中拿着一根短笛。笛子是用竹子做成的，被打磨得十分光滑。"这是我亲手做的，"她说，"是我用庭园后面竹林里的一根竹子特意为您做的。亲爱的父亲，如果您不能带我同行，就带上这根小笛子吧。如果您愿意，就时不时地吹一下笛子，在笛声中惦念我吧。"

随后，她用一块镶着红边的白丝绸手帕包住笛子，又用一根红绳系住丝帕，交给了父亲。父亲把笛子放入袖中，便离开了家，前往京都。他一边前行，一边回头看了三遍，望见孩子正站在大门口注视着他。拐了个弯后，他就看不到她了。

阿米的父亲终于来到了繁华的大城市京都。白天，他的生意进展顺利；到了夜晚，他便心满意足地安然入睡。他的日子过得不错，渐渐淡忘了江户的家和孩子。两三个月过去了，他毫无归家的打算。

一天晚上，他准备应友人之邀前去赴宴。为了表示对宴席的尊重，他决定穿上华丽的丝质袴。当他在柜子里找着那件袴时，竟发现了小笛子。笛子一直藏在上次赶路时穿的衣袍的袖子里。当他把笛子从红白丝帕中抽出来时，感到了一股奇怪的凉意，心头也随之一颤。恍惚间，他挂起了烧着木炭的火盆，把笛子放到唇边。笛子竟发出了悠长的啸鸣。

他慌忙把笛子扔到叠席上，拍手唤来仆人，告诉仆人今晚他不出门了。他觉得不舒服，想要一个人静静。

过了好一阵子，他伸手去取那根笛子。悠长而悲伤的啸鸣声又响起了。他全身战栗，却又吹响了笛子。"回到江户来吧……回到江户来吧……父亲！父亲！"颤抖的童声越发尖锐，随后就没了声响。

男人顿时失魂落魄，感到一种不祥之兆笼罩全身。于是，他猛地冲出屋子，离开京都，日夜兼程往家赶，顾不上吃饭、睡觉。他面色苍白，几近发狂。人们把他当作疯子，要么躲得远远的，要么觉得他可怜，以为他正遭受着神灵的折磨。

当他最后回到江户时，已是风尘仆仆，满脚是血，累得像是没了半条命似的。

他的妻子在门口迎接他。

他问："孩子在哪里？"

"孩子……？"她答道。

"唉，孩子——我的孩子啊……她在哪里？"他痛苦地叫喊着。

女人大笑起来："不知道，我的大人，我怎知道她去了哪里？她或许正在看书，或许在庭园里，或许正在睡觉，又或许去找她的玩伴了……"

他说："够了，别再说了。告诉我，我的孩子在哪里？"

女人有点害怕了。"在竹林里。"她答道，睁大双眼看着他。

听罢，男人拔腿就跑，在一根根翠绿的竹子间寻找阿米，却怎么也找不到。他一遍遍地大喊着："阿米！阿米！"但无人应答，只听见穿梭在干枯竹叶间的风声，如叹息一般。他伸手从衣袖里掏出小笛子，轻轻放到唇边。耳边先是传来一声微弱的叹息，随后响起了一段可怜的低语声：

"父亲，亲爱的父亲，我恶毒的继母杀死了我。三个月前她就杀死了我，把我埋在竹林。你也许能找到我的尸骨，却再也见不到我了——你再也见不到我了……"

男人用他的双手剑杀死了恶毒的妻子，讨回了正义，也为无辜死去的孩子报了仇。随后，他穿上白粗衣，戴上大大的稻草帽，遮住了面庞。他带上一根木棒，一件蓑衣，又在脚上绑好草鞋，启程朝拜日本的圣地。

他一直把小笛子放在衣袍的口袋里，贴着胸膛，随身携带。

# 绿 柳

　　年轻的武士智友效忠于他的大名——能登王。智友是士兵、是朝臣，也是诗人。他不仅嗓音动人，面容俊美，体态高贵，还特别能言善辩；他不仅舞姿优美，还精通各种男子汉的运动；他富有而不失慷慨善良，因此深得富人的青睐和穷人的爱戴。

　　当时，能登王正希望找一个人来完成他的使命。他挑中了智友，把他召到面前。

　　"你忠诚吗？"能登王问。

　　"大人，您是心知肚明的。"智友答。

　　"那么，你爱戴我吗？"能登王又问。

　　"哦，当然，尊敬的大人。"智友边说，边在他面前跪下。

　　"那就为我送个信吧。"能登王说。

　　"骑上你的马，不要停歇。一直向前骑，不要害怕崇山峻岭或敌国封锁，不要因风暴或其他任何事情而停留。纵使献出生命，也不要背弃我对你的信任。最重要的是，莫为美色所动。动身吧，快去快回。"能登王这样说道。

　　于是，智友翻身上马，飞驰而去。他遵从大名的指令，一刻没停，策马前行，毫不畏惧崇山峻岭和敌国封锁。

　　当时已是九月，秋风大作，暴雨如注。智友在路上跋涉了三天三夜，埋头骑马。狂风在松树林中怒号，打着旋儿。良驹在风中颤抖，难以站稳，但智友与马儿私语了几句，抚慰它继续向前。为了防止身上的衣物被风卷走，他拉紧衣袍裹住身子，艰难前行。

猛烈的风暴吹走了不少熟悉的路标，也消耗了武士的体力，让他疲惫不已，几近昏厥。晌午的天色同薄暮时一般昏暗，而薄暮时则像深夜一样漆黑。夜晚降临时，这里黑黝黝一片，像是飘荡着哀号的游魂的黄泉路。此时的智友已迷失在这片孤寂的荒野中。在他眼中，这里杳无人烟。马儿无力继续载他前行，他只能徒步踏遍沼泽和湿地，穿过岩石嶙峋、荆棘丛生的小道，最终陷入深深的绝望。

"唉！"他叹道，"难道我注定要葬身在这片荒野之中，无法完成能登王的任务了吗？"

此时，阵阵大风吹散了空中的积云，皎洁的月光倾泻而下。在这乍现的光亮中，智友瞥见右手边有座小山丘。山丘顶上有间小茅草屋，屋前栽着三棵碧绿的垂柳。

"现在真得感谢神灵啊！"智友说罢，便立刻往丘顶爬去。小屋的门缝中透着光，缕缕青烟从屋顶的烟囱里飘了出来。三棵柳树随风舞动，枝条如绿色飘带般在风中舒展。智友把马缰绳抛到一根柳枝上，前去敲门，期待能进入这间他盼了很久的避风港。

屋门很快开了。开门的是一位老妇人，穿着寒酸却整洁。

"在这样的夜里，是谁从远方骑马而来？又是为何而来？"她问道。

"我是一个疲惫的旅人，赶路到天黑，迷失在这孤寂的旷野上。我叫智友，是效忠于能登王的武士，为完成他的使命而骑行至此。看在神灵的分儿上，请让我在您家歇歇脚吧。我和马儿都又饿又乏。"

正当这位年轻人站在门口说话时，雨水如注，顺着他的外衣滑落。他跟跄了几步，伸出一只手，扶住门框。

"小伙子，进来吧，进来吧！"老妇人呼唤道，声音充满怜悯，"进来烤烤火吧。我们欢迎你。这里虽只有粗茶淡饭，却能让你感到我们的一片好意。至于你的马儿，我看见你已把它交给我的女儿了，她一定会好好照料它的。"

智友听到此话，猛地一转身，看见一位非常年轻的姑娘正站在他身后昏暗的光线中，手上牵着马儿的缰绳。她的外衣被风吹起，松散的长发随风飘扬。武士不知她为何会出现在这里。老妇人把他拉入屋中，关上了门。好心的男主人正坐在炉火前。两位老人尽心款待智友，让他换上干衣服，倒了杯热米酒给他暖身子，又很快为他备好了丰盛的晚餐。

不一会儿，主人家的女儿回来了，退到一扇屏风后梳头更衣，而后她走出来服侍智友。

她穿着手工缝纫的蓝色棉袍，双脚赤裸。她乌黑的头发松散着，顺着光洁的面颊垂下，又长又直，一直垂到膝盖。她身材修长，姿态优雅。智友推断她大约年方十五，心中已认定她是自己见过的最美的姑娘。

最后，她跪在他身边，为他斟酒。她双手握着酒瓶，垂下了头。智友转身注视着她。当她倒完最后一滴酒，放下酒瓶时，她与智友的目光交会了。智友深深凝视着她的眉目，把大名能登王的劝诫抛到了九霄云外。

"姑娘，请问如何称呼你？"他问。

姑娘答："他们都叫我绿柳。"

"这真是世间最美的名字。"他一边说，一边再次望着她的双眼。他一直看着绿柳，看得她脸上泛起了绯红，从下巴红到了额头。她笑了，眼中却盈着泪花。

"哎呀，我还要去完成能登王的任务呢！"智友心头一闪。

随后，他唱起这支小曲：

> "长发美人汝知否，
> 日出之时将别离，
> 芳心岂忍吾远走？
> 莫非心肠冷？
> 长发美人汝若知，
> 黎明之时吾将去，
> 为何双颊已绯红？"

而绿柳姑娘应唱道：

> "日出乾坤定，
> 只盼与君依。
> 举袖掩绯红。
> 日出乾坤定，
> 只盼与君依，
> 举袖……"

"噢，绿柳，绿柳……"智友叹息道。

那天夜里，他静静地躺在火炉前，却合不上眼。虽已疲惫至极，但全无睡意。他已深深地迷恋上了绿柳姑娘，可是，他肩负的使命让他不得不断了这些念想。更何况，他仍谨记能登王的嘱托，同时还怀揣着一颗真心，渴望效忠能登王。

天刚破晓，他便起床了。他趁那位款待他的善良老人还在熟睡时，在他枕边留下了一袋金子。绿柳姑娘和她的母亲在屏风后面安睡着。

智友备好马鞍，套上缰绳，飞身上马，缓缓骑入清晨的薄雾中。暴雨已歇，大地一片安谧，好似极乐世界。青草和树叶沾着露水，闪闪发光。天空放晴，秋日的花朵把小径装点得分外明媚，而智友心生悲伤。

阳光在马鞍前流转。"啊，绿柳，绿柳。"智友叹息道。正午已至，他还在喃喃念着"绿柳，绿柳"，直到暮色四合。那一夜，他睡在一间废弃的神社里，顾不上自己休憩的地方有多神圣，从半夜一觉睡到天亮。

起床后，他正打算去神社附近清凉的小溪里洗个澡，消除旅途的疲惫，谁料到，他却被挡在了神社门口——绿柳竟俯卧在地上。身材苗条的她卧倒在地，黑发披散在身上。她伸手拉住了智友的衣袖，口中呼唤着"大人，我的大人"，随后开始啜泣，令人怜惜不已。

智友二话没说，便抱起绿柳，扶她上马，带她骑行了一整天。他们在路上一直凝视着对方，都没怎么注意两旁的风景。一路上，他们罔顾酷热与严寒、阳光与雨露、真理与谬误、孝道与忠诚，不仅忘记了能登王之托，还把荣耀和誓言抛之脑后。他们心中只惦记着一件事，那就是满满的爱意！

最后，他们来到了一座不为人知的城市，定居下来。智友用随身携带的黄金和珠宝，找了一栋白色木头搭建的、铺满温馨白色叠席的屋子。在每个昏暗的房间里，他们都能听见庭园里的流瀑声，看到燕子在纸窗格间飞来飞去。两人住在这里，与世隔绝，唯知相爱，共同度过了三年美好的时光。对智友和绿柳来说，这三年如同娇艳花朵编成的花环一般美丽。

三年过去了。在一个秋天的日暮时分，智友和绿柳在庭园里散步，正巧圆了两人共赏满月初升的愿望。赏月时，绿柳开始摇摇晃晃地颤抖起来。

"亲爱的，"智友说，"晚风这么凉，难怪你会打寒战，快进屋吧。"他搂住了她。

而此时，绿柳却发出了一声悠长而令人心碎的哭喊，声音响亮，痛彻心扉。哭喊过后，她瘫倒下来，把头垂在爱人的胸前。

"智友，"她喃喃道，"为我诵经吧，我快要死了。"

"哦，可别这么说，亲爱的，我亲爱的! 你只是累了，晕倒了而已。"

他把绿柳带到溪流边。盛开在岸上的鸢尾好似一把把利剑，而荷叶像是一张张盾牌。

智友用溪水冲洗她的额头，问道："亲爱的，这是怎么回事? 往天上看，好好活着。"

"那棵树，"她呻吟道，"那棵树……他们砍下了我的树。请好好记住绿柳。"

说罢，她便瘫了下去，从他的怀中滑到了他的脚边。智友俯下身来，却只在地上找到几件带着温热和馨香的明艳绸衣，以及一双红色的夹趾草屐。

多年以后，智友成了一位僧人。他历尽艰辛，徒步游历了一间间神社，累积了不少功德。

一天晚上，他发现自己来到了一片荒原，右手边有一座小山丘，山丘上有一间破败荒凉的茅草屋。屋门来回摇摆，门闩已经破损，铰链咯吱咯吱地响着。屋前的三棵柳树早被砍伐了，只剩下老树桩。智友静默地站着，良久，自己轻声唱了起来：

　　　　"长发美人汝知否，

　　　　日出之时将别离，

　　　　芳心岂忍吾远走？

　　　　莫非心肠冷？

　　　　长发美人汝若知，

　　　　黎明之时吾将去，

　　　　为何双颊已绯红？"

　　"噢，多么愚蠢的一首歌！愿神灵原谅我……我本应该诵读超度亡灵的神圣经文啊！"智友自言自语道。

# 春天恋人和秋天恋人

  故事发生在很久以前的日本。那时，诸神还漫步在苇原中国[1]上，享受着稻浪滚滚的乡间景致。

  传说中有一位宛如来自仙境的女子。她是一位国王的女儿，端庄美貌，举世闻名。人们称她"见喜""慕子"或是"真由美"。她的身材苗条健美，心思缜密却乐观向上，感情丰富却忠贞不贰，温柔无比却难以取悦。诸神钟爱她，人们更是崇拜她。

  关于见喜的诞生有一段佳话。天起王子从敌国得到了一颗红宝石，那是敌国用来讲和的礼物。天起王子把宝石放入高台上的箧匣里，叹道："此宝石真乃无价之宝。"顷刻间，宝石变成了一个倾国倾城的女子。他便将这名女子命名为红宝石，并娶她为妻。他们只有一个女儿，那就是慕子，世上最美的少女。

  八十位有权有势的男子都想赢得她的芳心。这些来自四面八方的追求者，有的是王子，有的是武士，甚至还有神灵。他们有人乘坐白帆大船远渡重洋，勇敢健壮的水手奋力划桨；有人穿过黑暗危险的森林，终于来到慕子公主的身前；也有神仙走下天之浮桥，身穿锦衣银

---

[1]　苇原中国（Central Land of Reed Plains）：日本神话中的人间世界，又称丰苇原千五百秋瑞穗国。

鞋，步履轻盈。求婚者带来了各种各样的礼物——金银珠宝、轻盈羽衣、欢歌小鸟、珍馐美味、银丝蚕茧和香甜柑橘。与求婚者随行的还有游吟诗人、歌手、舞者和说书人。他们都想方设法取悦慕子公主。

慕子公主呢，端坐在她的白色闺阁里，侍女众星捧月一般簇拥在她身边。她身穿锦衣长袍，侍女时不时地将她宽大的裙摆平铺在叠席上，展开她那深深的袖筒，还用金梳子梳理她的长发。

闺阁四周环绕着白木长廊。求婚者穿过长廊，跪在公主面前求婚。

时有锦鲤从庭园的鱼塘中跃出；时有石榴花自树上簌簌飘落。公主却总是摇头，求婚者一个个遗憾地悻悻而去。

秋天之神也想要碰碰运气，看自己能否有幸赢得公主青睐。这是位勇气十足的年轻人，他的双眸热情如火，黝黑的脸颊透着红润。他腰佩一柄千斤重剑，锦袍上还精心绣制着盛开的秋菊。他低下高贵的头颅屈身跪伏在公主身前，然后抬头，这时，二人的目光相遇了。公主轻启朱唇——他等待着——她却并没有说话，依然摇了摇头。

秋天之神黯然离开，苦涩的泪水模糊了视线。

他遇到了他的弟弟——春天之神。

"你还好吗，哥哥？"春天之神问道。

"不好，一点也不好，她拒绝了我。她真是个骄傲的姑娘。我的心都碎了。"

"啊，可怜的哥哥！"春天之神叹息道。

"你最好和我一同回家，一切都结束了。"秋天之神悲叹。

可春天之神却说："我想要留下来。"

"什么？"他的哥哥惊讶地喊道，"她连我都没有接受，怎么可能会选择你？难道她不爱成熟的男子，却喜欢稚气未脱的小孩子吗？你会去找她吗，弟弟？她不但会让你痛苦，还会嘲笑你。"

"是，我还是要去。"春天之神说。

"打个赌！打个赌！"秋天之神大喊，"如果你能赢得她的芳心，我就送你一桶清酒，当作你们婚宴的礼物。若你没有成功，清酒就归我，让我一醉解千愁。"

"一言为定，哥哥。"春天之神说，"我会赢的，你最好备足清酒。"

"赢的会是我。"秋天之神说完，离开了。

然后，年轻的春天之神来到最爱他的母亲面前。

"您爱我吗，母亲？"他问。

她回答道："我爱你胜过一切。"

"母亲，"他说，"让我迎娶世上最美的公主吧。她叫慕子，是万人渴求的女子，我真的非常、非常仰慕她。"

"你爱她吗，我的儿子？"她母亲问。

"爱她胜过一切。"他说。

"那么躺下来，我的儿子，我的最爱，躺下来睡一觉，我来帮你。"

她为儿子铺好卧榻，在他睡着后凝望着他。

"你的面容，"她说，"真是世上最美之物。"

那夜格外漫长，母亲一夜未眠，匆匆来到紫藤花低垂的宁静池塘边，她摘下很多花朵和藤蔓带回家。花儿有白色的，也有紫色的，还都含苞未放。她用它们织了一件有魔力的袍子，还用藤蔓编了草鞋和弓箭。

晨光熹微，她唤醒了春天之神。

"起来吧，我的儿子，"她说，"我来为你穿上这件衣袍。"

春天之神揉了揉眼睛，"要穿这么素净的衣服去求婚啊！"他说。

43

不过他还是听从了母亲的话，他穿上草鞋，把弓和箭背到身后。

"都弄好了吗，母亲？"

"我的心肝，都准备好了。"她回答道。

春天之神来到了公主面前。她的一个侍女笑起来：

"看啊，公主，今天只有一个相貌平平的小男孩来向您求婚，还穿得灰不溜秋的。"

公主抬起双眼，看了春天之神一眼。霎时，他衣服上的紫藤花开了，香气扑鼻。他全身都环绕着白紫相间的花朵。

公主从白色叠席上站了起来。

"大人，"她说，"若您不弃，我愿终生相伴。"

他们手挽着手来到春天之神的母亲面前。

"啊，母亲，"他说，"我现在该如何是好？我的哥哥秋天之神很生我的气。他不打算把我赌赢的清酒给我。他怒火中烧，会要了我们的命。"

"别急，亲爱的，"他母亲宽慰道，"用不着害怕。"

她拿出一根细长的空心竹子，把盐和石子塞了进去，又用叶子把竹子严严实实地包起来，悬在了火焰的浓烟中。她说：

"绿叶渐渐枯萎并死去，你也得如此，我的长子——秋天之神。石沉大海，你也一样，命定如此。你会日渐萧条，逐渐失去生机，如同退却的潮水。"

听完这个故事，世人该知道为什么春天那么的生机蓬勃、快乐欢愉并青春洋溢，而秋天却如此悲凉了吧。

# 寻火之旅

智慧的诗人正借着烛光读书。这是一个七月的夜晚，蝉儿在石榴花间吟唱，青蛙在池塘边高歌。月亮露出了脸蛋儿，满天繁星，空气中弥漫着馥郁的花香。

可诗人却高兴不起来，因为成群的飞蛾向他的烛光扑来；除了飞蛾，金龟子和蜻蜓也飞过来了，闪动着它们七彩斑斓的翅膀。所有的小虫都在进行寻火之旅。它们亮晶晶的翅膀一个接一个地被火焰吞噬，虫儿随之死去。诗人感到十分悲伤。

"小小的、无辜的黑夜之子啊！"诗人说，"你们为什么总是飞来飞去寻找火焰呢？你们永远、永远也无法得偿所愿，只会精疲力竭、一命呜呼。愚蠢的小可怜，难道你们没听过萤火虫女王的故事吗？"

飞蛾、金龟子和蜻蜓围着蜡烛拍打着翅膀，对他的话语置若罔闻。

"它们从未听过。"诗人自言自语，"如今你们已经长大了，我可以给你们讲讲了：

"萤火虫女王是所有飞虫中最闪亮、最美丽的那一个，她住在玫瑰色莲花的花心里。莲花长在宁静的湖面上，花朵在湖水的怀抱中摇曳，而萤火虫女王就安睡其中，好似星辰在水中的倒影般那么明亮。

"你们一定要知道，哦，小小的黑夜之子，萤火虫女王可是有一大批追求者呢。蛾子啦、金龟子啦、蜻蜓啦全都蜂拥到湖中的莲花旁，他们心中充满了爱意。'来爱我吧，来爱我吧。'它们乞求道，'萤火虫女王，湖面之光芒。'光彩照人的萤火虫女王却依旧端坐，微笑着，似乎并不理会她周围弥散的爱的芳香。

"最后，她说：'哦，你们这些多情的家伙，因何闲来无事闯到我的莲花宫里来？如果你们真的爱我，就用行动证明吧。出发吧，痴心汉，给我带回火焰来，到时我自然会给你们一个答复。'

"之后，哦，小小的黑夜之子，只听见无数只翅膀应声扇动，数不清的蛾子、金龟子和蜻蜓开始了寻火之旅。可萤火虫女王却大笑起来。稍后我会告诉你们她为什么发笑。

"所有的痴情汉满怀着希冀在寂静的夜色中飞来飞去，看见有亮光的半开半掩的小窗格便飞进去。在一个房间里，有个女孩从她的枕头下抽出一封情书，在烛光下一边读一边垂泪；在另一个房间里，一个女人举着蜡烛坐在镜子前，对着镜子在化妆。这时飞来一只大白蛾，'噗'地扇灭了微晃的烛火。

"'哎呀！这讨厌的黑暗真令我害怕！'女子惊叫道。

"在另一个地方，躺着一个垂死的男人。男人说：'求你们帮我把灯点亮，不然黑暗就会降临。'

"'我们已经点亮了。'虫儿说，'有好一阵子了。它就在你身边，还有一群飞蛾和蜻蜓围着它飞舞呢。'

"'可我什么也看不见。'男人喃喃道。

"但那些奉命寻找火焰的虫儿却在火焰中燃尽了自己脆弱的双翅。第二天早晨，地上躺着数以百计死去的虫子。它们很快被打扫干净，被世间遗忘。

"萤火虫女王却在她的莲花宫里高枕无忧，和她的爱人相偎相伴。他和她一样闪亮，正是萤火虫之王。女王无须遣他去寻找火焰，因为他的翅膀下原本就带着跃动的光。

"是萤火虫女王骗了爱上她的痴情汉，这就是为什么她会大笑，因为它们踏上的是一场镜花水月的旅程。"

"不要再上当了！"智慧的诗人喊道，"哦，小小的黑夜之子。萤火虫女王对这游戏乐此不疲。不要再去寻觅火焰了！"

可是，蛾子、金龟子和那些蜻蜓对智慧的诗人之劝告无动于衷。它们仍然围绕着烛光盘旋，在火焰中燃尽它们亮晶晶的翅膀之后死去。

过了一会儿，诗人吹灭了蜡烛。"看来我必须得坐在黑暗中了。"他说，"只能如此。"

# 蓬莱岛

徐福是中国的一位智者。他饱读诗书，过目不忘，对书中所有人物了如指掌。他研究飞禽走兽、花草树木和岩石金属中的秘密，他不仅通晓法术，还懂得赋诗和哲学。徐福的智慧随年岁渐长，所有人都尊敬他，可他并不快乐，因为总有一个字眼萦绕在他心头。

这个字眼就是"无常"，日日夜夜与徐福如影随形，折磨着他。此外，在徐福生活的那个年代，一位暴君统治着中国，让这位智者的生活不堪重负。

"徐福，"秦始皇命令道，"请指点一下在我林中的夜莺，让它们为我吟诗。"

徐福绞尽脑汁也无法完成这个任务。

"唉，陛下，"他说，"给我安排另一个任务吧，我耗尽心血都会完成的。"

"小心点，"秦始皇说，"注意你的言行。九州中智者有的是。你想抗旨不遵吗？"

"给我安排另一个任务吧。"智者说。

"好吧，那么你就让牡丹散发出茉莉的芬芳吧。牡丹富贵而端庄；茉莉娇小孱弱，看上去有点寒碜，不过花香还是很甜美的。给我使牡丹散发出茉莉的芬芳吧。"

但徐福一言不发地站着，一脸沮丧。

"我向老天发誓，"皇帝喊道，"这个智者其实是个傻子！来人啊，将他斩首。"

"陛下啊，"智者说，"饶我一命吧。我将启程前往长着长生草的蓬莱岛，摘下仙草带给你。这样你就能长命百岁，千秋万载统治江山了。"

秦始皇沉思片刻。

"好吧，那你去吧。"他说，"速去速回，否则你的下场会更惨。"

徐福出发了，挑选了几位勇敢的同伴一起踏上了艰险的旅程。他打造了一艘帆船，船上有全国最著名的水手，还把储备品和金块搬到了船上。一切准备妥当后，他便在七月的月圆之时启航了。

秦始皇亲自前去海边送行。

"加速，加速，智者，"他说，"尽快把长生草给我带回来。如果空手而归，你和你的同伴就死定了。"

"再见了，陛下。"徐福在船上喊道。他们扬着白帆，顺风前行。甲板发出嘎吱声，绳索颤动，浪花拍打着船舷，勇敢的水手唱着歌，一路东行，满心喜悦。但是，这位来自中国的智者向前后瞭望，心中依然因那个字眼——"无常"而悲伤不已。

徐福的帆船在波涛汹涌的大海上行驶了好几天，一路向东。水手和勇敢的同伴遭遇了各种磨难，不仅历经灼日暴晒，严寒冰冻，又渴又饿，其中几人还一病不起，不久就去世了。更多的同伴在与海贼的战斗中丧了命。可怕的狂风和排山倒海的巨浪击打着帆船，把桅杆、风帆和大量储备品冲入了大海，连金块也彻底丢了。优秀的水手和勇敢的同伴全都溺亡了，船上只剩下徐福一人。

在一个灰暗的清晨，徐福四下眺望，看见遥远的东方有一座山，朦朦胧胧地散发着珍珠般的光泽，山顶有一棵枝杈舒展的高大树木。

这位智者喃喃自语：

"蓬莱岛在极东之处。那里有一座神奇的山峰——扶桑。扶桑山顶长着一棵树，生命的奥秘就隐藏在枝杈间。"

徐福疲惫不堪地躺倒在船上，连抬起一根手指的力气都没有了。就这样，帆船慢慢向岸边漂了过去。海面变得平静起来，泛起一片蓝色。徐福看见岛上绿草茵茵，繁花盛开。不一会儿，头戴花环的青年男女成群结队地走了过来，还唱着欢迎的歌曲。他们蹚入水中，把帆船拉到岸边。徐福闻到了从他们的衣服和发间散发出的芳香。待徐福受邀下船后，帆船便漂向远方，消失了。

"我来到了幸福的蓬莱岛。"徐福说。他一抬头，看见树上站满了鸟儿，有着青色与金色的羽毛。鸟儿的悦耳啼鸣在空中飘荡。蓬莱岛四周种植着橘树、香橼树、柿子树、石榴树、桃树、李树和枇杷树，脚下的大地好似一片绣着朵朵鲜花的华美织锦。蓬莱岛快活的居民牵着徐福的手，亲切地与他说话。

"真是奇怪啊，"徐福说，"我感觉自己再也不会变老了。"

"什么是变老？"他们问。

"我也不会感到任何痛苦了。"

"什么是痛苦？"他们问。

"那个字眼也不再铭记于心了。"

"亲爱的徐福，你说的是哪个字眼？"

"无常。"

"'无常'是什么意思？"

"告诉我，"这位智者说，"我是不是死了？"

"我们从未听说过死亡。"蓬莱岛的居民说。

日本的智者名叫青芥部。他和中国的智者一样聪慧，不会衰老，永葆年轻，深受人们的爱戴与尊敬，总是乐呵呵的。

他独自一人优哉游哉地乘着轻舟出海，在波涛翻滚的大海中冥想。有一次，当他冥想时，恰好在舟中睡着了。在他整晚酣眠时，小舟便向东方漂去了。当他在黎明的晨光中醒来时，发现自己身处神奇之山扶桑山的阴影中，小舟漂进蓬莱岛上的一条河里。于是，青芥部划着小舟，穿过盛开的鸢尾和芙蓉，停靠在岸边。

"这真是世间最美的地方！"他说，"我觉得自己是到了幸福的蓬莱岛。"

不一会儿，岛上的年轻男女走了过来。中国的智者徐福也随他们一起走来，看上去和他们一样年轻快乐。

"欢迎欢迎，亲爱的兄弟。"他们喊道，"欢迎来到长生岛。"

他们把岛上最甜的水果拿给青芥部吃，然后躺在一片花床上，聆听悠扬的乐曲。随后，他们在树林和果园中漫步，骑马狩猎，或在温暖的海水中洗澡。他们摆开宴席，尽情享受着每时每刻。由于白天时间很长，这儿几乎没有夜晚，因此他们不必睡觉，既不会疲惫，也没有痛苦。

一天，日本智者来到中国智者的面前说：

"我找不到自己的小舟了。"

"那又怎样呢，兄弟？"徐福说，"你在这里不需要小舟。"

"但我的确需要这条小舟，兄弟。说句真心话，我思念家乡，希望乘着自己的小舟回家。"

"你在蓬莱岛不开心吗？"

"不开心，因为还有一个字眼萦绕在我的心头——人性。正因为人性的存在，我感到很烦恼，不得安宁。"

"奇怪，"中国的智者说，"曾经，我在心中也惦记着一个字眼——

无常，但我已经差不多忘了它的意思。你也把你心中的那个字眼忘了吧。"

"不，我是忘不了的。"日本的智者说。

他找到了总是四处遨游的仙鹤，恳求她说："请把我带回家吧。"

"唉！"仙鹤说，"如果我带你回家，你就会死去。这里是长生岛，你知道自己在这里已经住了一百年了吗？如果你离开这里，就会感受到衰老、疲惫和痛苦，不久就会死去。"

"不管怎样，"青芥部说，"请带我回家。"

随后，仙鹤便让青芥部骑在她强壮的背上，载着他飞走了。她日夜兼程，从未逗留停歇。最后，仙鹤问："你看到岸边了吗？"

青芥部说："我看见了。感谢上苍。"

仙鹤问："我该把你带到哪儿去呢？……你已时日无多了。"

"善良的仙鹤啊，在我故乡的美丽沙地上，一位可怜的渔夫正坐在茂密的松树下修补渔网。请把我带到他的身边，我要在他的怀中死去。"

于是，仙鹤把青芥部送到可怜渔夫的脚边。渔夫抱起了青芥部，青芥部把头倚靠在渔夫宽厚的胸前。

"我本可以长命百岁，"他说，"但为了心头的那个字眼，我放弃了。"

"什么字眼啊？"渔夫问。

"人性。"智者喃喃地说，"我越来越老了——请紧紧地抱着我。啊，好疼……"他大声哭喊出来。

过了一会儿，青芥部面露微笑，叹出最后一口气，便死去了。

"此乃众生必经之路。"渔夫说。

# 海王和魔法宝石

这是一个关于魔法宝石和游历海王宫殿的故事，广受日本儿童和老人喜爱。

从前，迩迩艺神爱上了一位美丽的贵族女子，并娶她为妻。夫人甜美可人，名叫木花开耶姬。她的父亲对这桩婚事气愤不已，因为威严的迩迩艺神只爱木花开耶姬，抛弃了她的姐姐石长姬（确实，这位公主相貌不佳）。于是，老国王说："他做出这样的事来，这些天上神灵的后代会变得羸弱不堪，像树上的花儿一样凋零坠落。"果然，从此以后，后世诸位天庭君王的寿命都不太长。

不过，怀胎十月后，木花开耶姬生了两个可爱的男孩，大的叫火照神，小的叫火须势理神。

火照神以捕鱼为业，在茫茫大海中捕获大鱼后，便束紧华丽的外衣，回到岸上。他一次次地彻夜守在船上，行驶于巨浪中。他捕到的鱼有的鱼鳍大，有的鱼鳍小。他是掌管海草、海水和海鱼的神灵。

火须势理神则是一位猎人，在深山野林中狩猎，脚穿绑带草鞋，身背一把弓和几支天羽箭。他抓捕的猎物有毛发粗糙的，也有毛发柔软的。他不仅了解獾的行踪，还知道野樱的盛开时间，因为他是森林之神。

火须势理神对大哥火照神说："哥哥，我厌烦了绿色山林，让我俩换换运气吧。把你的鱼竿给我，我要到凉爽的海水中去。你可以拿着我的大弓和所有的天羽箭，到山林里去试试运气。相信我，你会看见很多闻所未闻的珍奇美物。"

但火照神回答说："不……我不想这样做……"

没过几天，火须势理神又来了，叹息道："我厌烦了绿色山林……美丽的海水召唤着我。作为弟弟真苦恼！"火照神没理睬他，带上鱼竿就去钓鱼了，整日整夜地捕着大鳍的鱼和小鳍的鱼。火须势理神未能如愿，变得意志消沉，披头散发。他又嗫嚅道："哦，让我到海里去试试运气吧！"最后，他的哥哥火照神实在厌烦了他，便把鱼竿给了他，自己走入了山林之中。火照神整天狩猎，天羽箭飞来飞去，但无论是毛发粗糙的还是毛发柔软的猎物，他都抓不住。他大喊："笨蛋，笨蛋，竟把神灵赐予的好运拿来交换！"于是他回家了。

而尊贵的火须势理神开始在大海中碰运气，不管阴天还是晴天，一直都在钓鱼。但无论是大鳍的鱼还是小鳍的鱼，他一条都没捕到，甚至把哥哥鱼竿上的鱼钩丢在了海中。最后，他垂头丧气地回家了。

火照神说："每个人都有属于他的地方，猎人属于山林，渔夫属于大海……因为你我什么都没带回家来，今晚只能饿着肚子睡觉了。看来我们不能交换神灵赐予的好运。我的鱼钩在哪儿呢？"

火须势理神轻声答道："亲爱的哥哥，别生气……可是，我整天拿着你的鱼钩钓鱼，无论是大鳍的鱼还是小鳍的鱼，一条都捕不到，最后，还把鱼钩丢在了大海里。"

听到这句话，火照神殿下怒火中烧，一下子站起来，要求弟弟把鱼钩还回来。

而火须势理神回答说："亲爱的哥哥，我已经弄丢了鱼钩。它现在沉在渺无人迹的深海底。虽然我会为你赴汤蹈火，但可没法把鱼钩还给你。"

但他的哥哥催得更紧了。

火须势理神的身侧绑着一把神圣的十拳剑[1]。他撕开绑着剑的野紫藤，说："别了，我的宝剑。"他把剑摔成了好几块，做成五百个鱼钩还给哥哥火照神。但火照神一个都不想要。

随后，火须势理神又用一个大火炉，辛辛苦苦地做了一千个鱼钩，然后谦卑地跪在哥哥火照神面前，把鱼钩交给他。他之所以这么做，全是出于对哥哥的爱。可是，火照神都没正眼看他，只是郁郁寡欢地坐着，把头埋在手里说："我只要自己的鱼钩，不要其他替代品。"

于是，火须势理神伤心地走出皇宫大门，在海岸上一边游荡一边悲叹，泪水滑落，混入海水。夜幕降临后，他也无心回家，只是疲惫地坐在咸水潭中的一块岩石上，哭喊道："唉，哥哥，全都怪我，这一切都是由我的愚蠢造成的。但是啊，哥哥，我们一同由母亲木花开耶姬公主甜美的乳汁哺育成人，几乎是手拉着手来到这个世界上的。"

月亮升起，照亮了大海和苇原中国，但火须势理神仍在不停悲叹。

随后，海盐王伴着涨起的潮水出现了，说道："为何你的泪水都积到了天庭那么高？"

火须势理神答道："我带走了哥哥的鱼钩，又把它遗失在了大海里。虽然我给他做了很多别的鱼钩作为补偿，但他一个都不想要，只想要原来的鱼钩。真的，老天都知道，为了找到鱼钩，我可以赴汤蹈火。但我该怎么办呢？"

---

[1] 十拳剑（ten-grasp sword）：即十握长的剑，四指宽为一握。

海盐王拉着火须势理神的袖子，带他登上浮在水面的小船，划到了岸边，边划边说："我的孩子，沿着这条由尊贵的月神——月夜见尊辟出的美丽道路前行吧。为了你，他已让这条路浮出了海面。在这条路的尽头，你将到达一座由鱼鳞制成的宫殿——那就是伟大海王的宫殿。大门前有一汪清泉，泉边长着一棵枝繁叶茂的肉桂树。请你爬上树枝，在那里等待海王的女儿。她会给你建议。"

火须势理神站在小船上，冲海盐王鞠了个躬，向他致谢。海盐王束紧华美的衣袍，当着火须势理神的面将小船推向大海，直到海水没过大腿。他说："不，不，英俊的年轻人，别客气，我只是做了该做的事情。"

于是，高贵的火须势理神来到了海王的宫殿。他立马爬上了肉桂树，在葱绿的枝杈间等待着。

黎明时分，海王之女的侍女携着镶有宝石的器皿过来打泉水。在她们弯腰汲水时，火须势理神探出身子，透过肉桂树的枝杈看着她们。他尊贵的面容明晃晃地倒映在泉水中。所有侍女都抬起头，看见他俊美的脸庞，感到惊奇不已。火须势理神优雅地同她们说话，请求她们给自己倒一点器皿中的水。于是侍女用一个镶着宝石的杯子盛了点水，恭敬地递给火须势理神，虽然杯子上的宝石因冰冷的泉水而显得灰暗。火须势理神并没有喝水，而是把脖子上皇室的宝石解下来，用双唇含着，吐到了杯中，然后把杯子还给了侍女。

此时，她们看见宝石在杯中闪烁，却无法移动它，因为它已紧紧地贴在了杯子上。于是，侍女离开了，像沿海的白鸥一般飞掠过水面。她们带上盛着宝石的杯子，来到海王之女面前。

公主看着宝石，问她们："门外是不是来了一个陌生人？"

一个侍女答道："是的，有个人正坐在我们泉水旁的肉桂树树枝上。"

另一个侍女说："他是个很俊美的年轻人。"

还有一个侍女说："他比我们的海王更有风采，还向我们要水喝。我们恭敬地在杯子里倒了点水给他。他一口都没有喝，却往里面吐了一颗宝石。所以，我们把杯子和珠宝都给您带过来了，尊贵的公主。"

随后，公主自己带着一件器皿，前去泉边打水。她的长袖和带褶的华丽衣袍在身后飘扬，头上还戴着一顶由海中花朵编成的花环。她走到泉边，抬眼望向肉桂树的枝杈间，与火须势理神的目光交会在一起。

随后她唤来了父亲海王，说："父亲，我们的皇宫门口有一位英俊的来客。"于是，海王走出宫殿，一边迎接火须势理神，一边说："他是神圣的天庭太阳神之子。"海王带着他走进宫殿，在地板上铺了八层驴皮地毯和八层丝绸地毯，让王子坐在上面。

那一夜，他大摆宴席，庆祝火须势理神和他美丽的女儿宝石公主订婚。盛大的狂欢和庆典在海王宫殿里持续数日。

但在一天晚上，当这对准新人在柔软的地板上休息时，大海中所有的鱼儿都带着丰盛的佳肴，又在由黄金、珊瑚和玉石制成的器皿中盛满蜜糖，供奉到他们面前。美丽的宝石公主坐在火须势理神的右边，往他的杯中斟酒。宫殿墙壁上的银色鱼鳞在月光中闪耀。但火须势理神望向海中之路，心里想着过去的事情，深深地叹了口气。

看到这一幕，海王困惑地问他："你为何叹气呢？"但火须势理神什么都没说。

他的未婚妻——美丽的宝石公主，走到火须势理神身边，抚着他的胸膛，温柔地说："哦，尊贵的大人，我亲爱的丈夫，你为何在这绿影笼罩的海宫中郁郁寡欢？你为何如此渴望地望着海中之路？是不是我们那些像海鸟一样来去无声的侍女没伺候好你？哦，我的大人，请别瞧不起我，快说出你的心事。"

火须势理神回答说："我可爱的妻子，尊贵的夫人，我如此爱你，从未向你隐瞒任何事情。"于是，他把鱼钩和哥哥发怒的故事都讲了出来。

"现在，"他说，"能否请宝石公主给我些建议？"

宝石公主微笑着，缓缓站起身，长发一直垂到红丝袍的衣褶边。她向浸没在水中的宫殿台阶走去，站在最后一级台阶上，召唤来海中各路大小鱼儿。这些鱼儿游到她的脚边，海水因鱼鳞的反光而变得银亮。海王之女呼喊道："哦，海中的鱼儿啊，快去找找火须势理神的尊贵鱼钩，把它带给我。"

鱼儿回答说："夫人，阿达现在正痛苦着。有个东西卡在它的喉咙里，让它无法进食。这可能就是火须势理神的尊贵鱼钩。"

于是，公主弯下腰，把阿达从水中拎了出来，用纤纤玉手从它喉咙中取出了鱼钩。她把鱼钩洗了洗，又浸泡了一会儿后，带给了火须势理神。火须势理神兴奋地说："这的确是我哥哥的鱼钩，我这就把它保管好。我们就要重归于好了。"他这么做，全是出于对哥哥的爱。

可是，美丽的宝石公主一言不发地站着，伤心地思忖着："现在他将要离我远去，徒留我孤独一人了。"

火须势理神急忙赶到水边，骑上一条勇猛的鳄鱼，直达目的地。在火须势理神出发前，海王嘱咐他说："英俊的年轻人，现在请听听我的建议。如果你哥哥在高地上种稻谷，你就在低洼的沼泽里种植稻谷。但是，如果你的哥哥在沼泽里种稻谷，那尊贵的大人，你就在高地上种植稻谷吧。我是掌管雨水和洪水的人，会让大人您的土地一直保持肥沃的。另外，这里还有两颗神奇的宝石。如果你的哥哥因为嫉炉而攻击你，就使用涨潮宝石，涌起的潮水会将他淹没。而如果你还可怜他，就用退潮宝石让潮水回落，他就能幸免于难。"

尊贵的火须势理神向海王鞠躬致谢，把鱼钩藏入长袖，又把两颗宝石挂在脖子上。美丽的宝石公主上前与他告别，满脸是泪。海王指挥鳄鱼前进，对它说："当你在大海中穿行时，可别伤害了火须势理神。"

于是，火须势理神骑上了鳄鱼头，在一日之内就回到了家乡。他轻快地跳到岸上，拔出匕首，把它挂在鳄鱼的颈上，作为记号。

没过多久，火须势理神便找到了哥哥，把丢失的鱼钩还给了他。不过，多亏了那两颗被他放在衣褶中带回来的宝石，他不仅长期支配着哥哥，还让自己一直都顺风顺水的。

过了一阵子后，海王之女——美丽的宝石公主前来找寻火须势理神。她怀抱着一个年幼的孩子，穿过海中之路。她一边哭，一边把孩子放到火须势理神脚边，说道："我的大人，我把您的儿子带来了。"

火须势理神扶她起身，款待好她后，还为她在海岸边盖了一座宫殿，俯瞰着滚滚波涛。宫殿外墙覆盖着厚厚一层鸬鹚的羽毛。两人和尊贵的孩子一起住在宫殿中。

美丽的宝石公主恳求火须势理神说："亲爱的丈夫，请别在黑夜中看我，因为那时我会现出原形。我在自己的国度里一直是这样的。不要看我，免得我感到羞愧，还会招来厄运。"于是，火须势理神答应了她，还说了很多好话向她保证。

尽管如此，在一个晚上，火须势理神全无睡意，辗转难眠。最后，在黑夜深邃、黎明将至时，他爬起身来，点上一盏灯，趁新娘还在沉睡，把灯照在了她身上。他看见眼前是一条浑身鳞甲的巨龙，长着半透明的双眼，蜷在床边。火须势理神惊恐地大叫起来，把灯扔在地上。

那天早上，海面阴云密布，巨龙受到了惊扰。宝石公主从盘着的龙身中抬起了美丽的头颅，绿色鳞甲像衣袍般从她身上脱落下来。她穿着白衣站在一片鳞甲中，怀抱着孩子，抬起头，边哭边说："哦，尊贵的大人，我亲爱的丈夫，我本以为自己造出的海中之路，可以成为连接你我国土的捷径，让我们能尽情来往。但现在，虽然我已警告了你，你还是在晚上看了我一眼。所以，我的大人，我和你之间只剩下告别了。我将穿过海中之路，此行一去不复返。你把尊贵的儿子带走吧。"

说罢，她便立刻沿着海中之路走了，一边哭，一边用头发遮住脸庞，回头望向岸边。后来，人们再也没在苇原中国看见过她。她甚至关上了海宫的大门，也封住了通往父亲宫殿的道路。但是，她把一位年轻的姑娘——自己的妹妹，送去照顾她的孩子。之所以这么做，是因为在经历了这么多事情后，她还是无法隐藏自己心中的爱。她作了一支小曲，让她妙龄的妹妹带给她的丈夫。这首曲子写道：

> "呜呼，赤珠耀光辉，
> 拨弦乐醉人……
> 纵有此美景，吾儿最动人。
> 更有华彩者，白珠名遐迩，
> 恰似吾君兮。"

随后，丈夫以一首曲子回应她：

> "嗟呼吾夫人，与子结姻缘，
> 共赴小岛中，野凫同游弋，
> 此生永忆君。"

# 星星恋人

所有真心相爱的恋人们啊，我恳求你们向老天祈祷，七月七日的晚上能有个好天气。

为了一种坚守的力量，也为了一对恋人，请祈祷吧，祈祷那天晚上既不会下雨，也不会落雹，不是多云天气，也没有雷暴和迷雾。

请你们听一听星星恋人的悲伤故事，并为他们祈祷吧。

织女是光明神的女儿，住在天庭银河的岸边。她终日坐在纺车前，来回推着梭子，为诸神纺织华美的衣袍。她每日每夜、经纬交错地织着布，直到彩衣织成形了，堆叠在脚边。她因为畏惧自己听说的一个传言，所以从未停止过劳作。传言是这样的：

"织女一旦离开纺车，悲伤，连绵不绝的悲伤，就会降临到她身上。"

于是，她不断工作，好让神灵一直有新衣穿。而她自己，一个可怜的姑娘，却穿得很是寒酸。除了父亲留给她的衣物和首饰外，她一无所有，不仅赤着足，还披头散发的。有时，长长的头发落在了纺车上，她就把它甩到肩上。她不与天庭中的孩子玩耍，也不与青年男女神仙一起享乐。她既不会爱，也不会哭；既没有快乐，也不悲伤，只是坐在那里织啊织的……把生命织入了彩衣中。

她的父亲光明神生气地说："女儿啊，你花在纺织上的时间太长了。"

61

"这是我的职责。"她答道。

"你这个年纪谈什么职责？！"她的父亲说，"你看看你！"

"父亲，您是不是对我不满意？"她一边说，一边用手指推着梭子。

"你是木桩还是石头啊？难道是路边快凋谢的花朵？"

"不是。"她说，"我不像您说的这样。"

"那就离开纺车吧，我的孩子，好好生活，像别人那样，尽情享受。"

"那我为什么要像别人那样呢？"她问。

"你还敢跟我顶嘴。来吧，告诉我，你能不能离开纺车？"

她说："织女一旦离开纺车，悲伤，连绵不绝的悲伤，就会降临到她身上。"

"真是愚蠢的说法！"父亲大喊道，"一派胡言。我们会知道什么是连绵不绝的悲伤？我们不是神灵吗？"说罢，他轻轻地从女儿手中取过梭子，又用布遮住了纺车。他让女儿穿上华服，为她戴上珠宝，又把由天堂的花朵编成的花环戴在她头上。随后，父亲将她许配给了一个在天庭银河两岸放牧的牛郎。

现在，织女的确变了个样。她的眼睛闪亮如星辰，双唇好似红宝石。她整日跳舞唱歌，和天庭中的孩子玩耍很久，还与青年男女神仙纵情享乐。她步履轻盈，脚上穿着银鞋。她的爱人——牛郎，牵着她的手。当她大笑时，诸神都随之而笑，欢乐的声音在天庭中回响。她变得粗心大意起来，既不惦念自己的职责，也不想着神灵的衣袍。至于她的纺车，她整整一个月都没有走近过了。

"我有了自己的生活，"她说，"我不会再织布了。"

爱人牛郎用双臂环抱着她。她满脸是泪，却微笑着把脸埋进他的胸膛。她就这样自由自在地生活着。但是，她的父亲——光明神，却非常生气。

"这太过分了。"他说，"这姑娘是不是疯了啊？她会成为天庭的笑柄的。再说，谁来编织天神的春日新衣呢？"

他警告了女儿三回。

织女每次都轻笑着摇摇头。

"父亲，你一旦打开了这扇门，"她说，"无论是神灵还是凡人都没法再把门关上了。"

光明神说："你如果再不醒悟过来，就要付出代价了。"于是，牛郎被他永远地放逐到遥远的银河对岸。喜鹊成群结队地从远处飞了过来，张开翅膀，在银河上搭起了一座脆弱的桥梁。牛郎走过这脆弱的桥，到了对岸。随即，喜鹊便飞向了天边，使得织女没法跟着牛郎一起到对岸去。织女成了天庭里最伤心的人，她久久伫立在岸边，向牛郎张开双手；牛郎在一片荒凉中放着牛，泪流满面。很久很久，织女躺在沙地上哭泣；很久很久，她陷入沉思，凝视着地面。

她站起来，走到纺车边，撤走了盖在上面的布，把梭子握在手中。

"连绵不绝的悲伤，"她说，"连绵不绝的悲伤！"不一会儿，她便把梭子扔到地上。"噢，好心痛！"她悲叹道，把头倚在纺车旁。

但过了一阵子，她说："然而，我已回不到从前了。曾经的我，既不会爱，也不会哭；既没有快乐，也不悲伤。现在的我，不仅爱上了一个人，还懂得哭泣；我既能感受到快乐，又会心生悲伤。"

织女泪如雨下，却拿起梭子，勤奋地干起活来，开始为天神织衣。有时，织布会因她悲伤的心情变成灰色；有时，织布又会因她心中燃起的梦想而变成玫瑰色。天神很喜欢穿这种奇妙的衣服。织女的父亲光明神又变得心满意足起来。

"这才是我勤奋优秀的孩子。"他说,"现在的你,既安静,又快乐。"

"安静源自彻底的绝望。"她说,"快乐?!我是天庭中最伤心的人。"

"对不起。"光明神说,"那我该做些什么呢?"

"把我的爱人还给我。"

"不,孩子,我不能这样做。按照神祇的命令,他已被永远流放了。命令是不能更改的。"

"我知道了。"她说。

"不过,我还可以为你做点事。听着,在每年的七月七日,我会唤来天边的喜鹊,让它们在天庭的银河上搭起一座桥,这样你就可以轻松地跨过银河,到达彼岸,见到遥远的对岸一直等着你的牛郎。"

果然,在每年的七月七日,喜鹊就会从远方飞来,张开翅膀,搭成一座脆弱的桥梁。见到此景,织女的双眼如星星般闪亮,心脏像鸟儿一般在胸中扑通直跳。而牛郎就在遥远的彼岸迎接她。

哦,鹊桥还在空中——七月七日,这对真心相爱的恋人相会在一起。只有在打雷降雨或是多云下雹的日子里,天庭的银河水位上涨、水流湍急的时候,喜鹊才无法为织女搭起桥梁。啊,那是多么令人沮丧的时刻!

所以,真心相爱的恋人啊,向老天祈求一个好天气吧。

# 黄泉国

祥云缭绕、金碧辉煌的天庭集聚世间精华，是永恒的神之居所。从这里走出了一对天神——至高无上的父神伊邪那岐和母神伊邪那美。

他们站在天之浮桥上，俯视脚下的茫茫云雾。他们被赐予开天辟地、创造国土的能力和职权。两位神祇站在天之浮桥上，用上天赐予他们的镶有宝石的天沼矛搅动脚下的混沌世界，顿时云开雾散。在他们静静观望的时候，有一滴盐水从矛尖的宝石上滴落，形成了一个岛屿，那就是淤能棋吕岛。

他们既是父神和母神，又互为兄妹，携手飘落到刚刚创建的岛上。随后，他们又创造了日本的各个岛屿：象征美丽公主的伊予国、象征初升朝阳的东洋岛、象征善良的王子煮米的赞岐国、意为蜻蜓美岛的大和国以及其他国土，不胜枚举。

随后，他们又生出众神，分别掌管大地、天空和海洋。每个季节都有神明各司其职，每一寸土地都无比神圣。诸神多如繁星，难以计数。

可是，在火神迦具土出生时，伊邪那美被烈火灼伤，由此改变了她的命运。她躺在地上，父神伊邪那岐焦急地问："你怎么样了，亲爱的妹妹？"

她抽泣着说："我命数已尽，将赴黄泉。"

父神伊邪那岐放声痛哭，眼泪落在她的脚上和枕头上。那些泪水都变成了神灵。然而，母神伊邪那美还是逝去了。

至高无上的父神伊邪那岐雷霆震怒，对着天空咆哮："哦，我亲爱的妹妹呵！难道竟因为一个儿子，我就失去了你吗？"

痛哭之后，伊邪那岐拔出所佩带的十拳剑，杀死了他的孩子火神。他将长发束起，追随伊邪那美来到黄泉国的入口前。母神走出来迎接他。她竟和生前一样美丽。她拉起冥界大殿的帘子，好让夫妻二人可以说说话。

父神说："亲爱的妹妹，我非常想念你，我们还没有完成创造国土的使命，跟我回去吧。"

母神回答说："亲爱的陛下，我的爱人，可惜你来迟了，我已经吃了黄泉国的饭食。不过，亲爱的，既然你特意来找我，我这就去和黄泉之神商量，看他能否放我走。在这里等我回来。还有，如果你爱我，等我的时候千万不要过来找我。"她说完便离开了。

伊邪那岐坐在冥府宫门前的一块石头上，一直等到日落。他厌倦了这幽暗的地方，因为她离开的太久了，他等不及便站起来，取下左发髻上戴着的木梳，折下一个边齿，点上火，制成火把，举着它进入大殿里悄悄地看，并拉回了冥界大殿的帘子。可是，他看到自己的爱人躺在地上，身体腐烂，身上盘踞着八雷神。他们是火雷、黑雷、拆雷、土雷、鸣雷、伏雷和若雷，而伏在她头上的是大雷。

伊邪那岐看到这种景象大吃一惊，十分害怕，转身便逃。可伊邪那美坐起身来怒斥他："你看到我污秽的样子，使我蒙羞。我要报复你。"

她立即派黄泉丑女去追杀父神。伊邪那岐在漆黑的黄泉之谷里拼命奔跑，被石头绊了一跤。他取下头上的条状发饰，扔到地上。发饰很快变成一串串葡萄，鬼女嘴馋贪吃葡萄，伊邪那岐就乘机逃脱了。可是鬼女没有放弃追赶，他又摘下右发髻上有很多小齿的发梳，向身后扔去。发梳刚一落地就变成一排竹笋，鬼女又开始捡食，伊邪那岐借此机会得以脱身。他气喘吁吁，狼狈不堪。

母神此时感到非常愤怒和绝望，又派出八雷神，率领着一千五百名黄泉军追赶上来。父神拔出所佩带的十拳剑，且战且逃，一直被追到黄泉国的边界——黄泉比良坂。他从桃树上摘下三个桃子打向追赶他的军队，使得他们纷纷四散逃亡。这些桃子被赐名为大仙桃神。

最后，伊邪那美亲自追了过来。伊邪那岐举起千引石，用它堵住了黄泉比良坂。他站在石头后面，发誓与她诀别。可在石头的另一边，伊邪那美却喊道："我亲爱的哥哥，你今后若再创造国土和众神，我就会用我的力量每天将千人带向黄泉。"

她大声赌咒道。

但他却回答说："我亲爱的妹妹，若你那么做，我就会每天让一千五百人出生。永别了。"

就这样，母神又被称为死亡女神。

从黄泉国回来后，至高无上的父神大喊："可怕！可怕！可怕！我去了一个非常丑恶而又极其污秽的地方。"他静静地在河边躺了很久，直到他恢复了体力，有力气洗涤身上的污秽。

# 鲁莽的须佐之男

　　诸神之父伊邪那岐离开不洁之地，告别了他曾应召唤而启程探访的黄泉国。他再度看见苇原中国时，心中甚为欣喜，便来到一条清澈的河流岸边休息，想下去洗个澡。

　　伊邪那岐在上游洗澡时说："这里的水流太湍急了。"于是，他换到下游来洗，但又说，"这里的水流太缓了。"最后，他是在河流中段洗的澡。水珠顺着他俊美的面庞滴落下来，三位尊贵的神灵由此诞生，分别是天界的太阳女神——天照大神、月夜统治者——月夜见尊，以及海神——鲁莽的须佐之男。

　　伊邪那岐一下子开心起来，说："看，这三个尊贵的神都是我的孩子。他们将永葆杰出。"他顺势从脖子上取下一大串珠宝，赐予太阳女神天照大神，并对她说："我让尊贵的你来掌管高天原，要让它每天散发着光彩。"于是，天照大神接过珠宝，把它们藏入了神灵的宝库里。

　　诸神之父对月夜见尊说："我让尊贵的你来掌管夜之食原。"如今，夜之食原便由这位面容俊美动人的青年统治着。

　　面对那位最小的神灵海神须佐之男，尊贵的伊邪那岐把沧海之原分封给他。

　　从此，天照大神掌管着白天，月夜见尊温柔地统治着黑夜，但鲁莽的须佐之男却猛地从大地上飞升起来，大哭着说："哦，我真可怜，将要永远住在冰冷的大海中！"他不停地哭泣，把山谷间的露水也化为眼泪，弄得绿草枯萎，溪流干涸。恶灵日益滋生，挤满大地，如五月里的苍蝇一样嗡嗡作响，到处都是不祥之兆。

于是，他的父亲走过来，站在他身边严肃地说："我看见的是什么？听见的又是什么？你为何不按我的命令去统治疆域，却像个孩子一样，满脸是泪，还哭喊着躺在这里？回答我。"

鲁莽的须佐之男回答说："我之所以哭泣，是因为心头悲伤，不再爱这个地方了。我要到母亲掌管的遥远阴间去。她是黄泉国之后。"

伊邪那岐生气了，下圣旨流放了他，令他离开这里，永世不得回来。

鲁莽的须佐之男回答说："就这样吧。但我在离开前，要先飞到高天原，向我尊贵的天照大神姐姐道别。"

于是，伴随一声巨响，他飞速前往高天原。山脉全都随之摇晃，大地和国土震动起来。天照大神在目睹他降临时颤抖着说："我尊贵的弟弟来了。他没安什么好心，只是为了抢夺我的财产。他就是冲着这个目的，入侵了高天原的堡垒。"

天照大神立马分开了垂在肩上的华贵头发，束成左右两股，又佩戴上珠宝。她装备得像年轻武士一样，还背了一把巨弦弓和一千五百支箭。她手上挥着竹器，全副武装，踏过大地，扬起了飞雪般的尘土。她来到天界的天安河岸边，如壮士般英勇地站着，等待弟弟的到来。

鲁莽的须佐之男站在远方的河岸上说："我亲爱的姐姐，尊敬的大人，你为何全副武装地迎接我？"

她回答说："我可没有全副武装。不过你是从哪儿飞到这里的？"

须佐之男答道："我没有恶意。我想去黄泉国住，父亲便下令流放了我。我飞到这里，是为了向你告别。我没有任何恶意。"

而天照大神瞪着眼睛对他说："请你发誓。"

须佐之男先以身上佩带的十拳剑起誓，又以天照大神发间的珠宝起誓。随后，她允许他穿过了天安河，又跨过浮桥。于是，鲁莽的须佐之男进入了姐姐天照大神的领地。

但是，须佐之男性格不羁，总惹是生非。他先是肆意破坏天照大神的沃土，又糟蹋了她已插上秧苗、划好垄埂的稻田，还把沟渠都填满了。但天照大神并没有责骂他，只是说："在我尊贵的弟弟眼里，这片土地可不能被沟渠和田埂荒废了，每个角落都要插上秧苗。"尽管她好言好语，鲁莽的须佐之男仍然继续行恶，变得越发暴力。

此时，天照大神和她的侍女正坐在高天原的纺织堂，看着织女纺着神灵的华美衣袍。这时，须佐之男在纺织堂的屋顶上砸开了一个大裂口，放出一匹天界的花斑马。惊恐的马儿在纺车和织女间四处乱窜，大肆破坏。须佐之男一会儿像狂风，一会儿又像淹没殿堂的洪水，追逐着马儿。一切变得混乱不堪，十分可怕。一片推搡中，天照大神被金梭子伤到了。她大哭一声，逃出了高天原，藏到了一个山洞里，又推来一块岩石，堵住了洞口。

随即，高天原陷入了黑暗之中，苇原中国也变得漆黑一片，不见天日。神灵在大地上行走时发出的声音好似五月的蝇虫声，到处都是不祥之兆。八百万诸神和另一群神灵在天安河原集合，商谈处置方法。在尊贵的思兼神的指导下，他们召来长夜里的常鸣鸟，还要求锻冶匠天津麻罗打造了一面亮白的金属镜，又让玉祖命把几百块月牙形的玉石穿在了一起。他们用天香山上一头牡鹿的肩胛骨进行占卜，又拔起一棵生着五百根树枝的真贤木，把玉石和镜子挂在树枝上。他们在低矮的树枝上摆满供品，挂满蓝色和白色的布条，然后把树栽在天照大神藏身的岩洞前。鸟儿聚在一起唱起歌来。一位著名的神女来到岩洞前，翩翩起舞。她的舞技优雅精湛，在苇原中国和高天原无人能敌。她身边悬挂着一个由天香山上的苔藓做成的花环，头上缚着黄杨树叶和金银花朵，手中还拿着一束绿竹叶。她像着了魔似的在岩洞口跳舞，无论是在天界还是人间都没见过像她这样的舞蹈。这舞姿比在风中摇曳的松树和海中翻滚的浪涛还要优美，连高天原上的飞云都难以媲美。大地震颤，高天原撼动，八百万诸神齐声大笑。

此时，天照大神正躺在岩洞里。一缕缕光束照在她美丽的身躯上，让她看起来宛若美玉。岩洞地上的一摊水洼泛起微光，墙上的污泥闪耀着各种色泽，幼小的岩生植物在罕见的酷暑中茁壮生长。天照大神本躺在阴凉处睡觉，在听到常鸣鸟的吟唱后就醒了过来，起身把头发甩到肩后，说道："唉，这些在长夜里歌唱的可怜鸟儿啊！"群神跳舞、狂欢、嬉戏的声音传到了她耳边，她纹丝不动地听着。此时，天照大神感到了高天原的震动，又听见了八百万诸神的齐声大笑。她起身走到岩洞口，稍稍挪开大石块，看见一束光线正落在跳舞的神女身上。她身着盛装，站在光线中，气喘吁吁。其他神灵仍身处幽暗，面面相觑，纹丝不动。见此情景，天照大神说："看来，正因为我藏在高天原的角落，苇原中国才变得一片黑暗。为何要神女这样跳舞，还戴着花环和头饰？为何八百万诸神要齐声大笑呢？"

跳舞的神女回答说："哦，尊敬的天照大神，神灵们多高兴啊。他们看见神女披戴着花朵，便叫喊起来。大家这样高兴，是因为有位神女比尊敬的您还要出色。"

天照大神听罢便暴怒起来，用长袖遮着脸，好让神灵们看不到她在哭泣。可是，泪水还是像流星一样滑落下来。天界的青年站在真贤木边，树上悬挂着锻冶匠天津麻罗打造的镜子。他们喊道："夫人，请看天界的新一代神女！”

天照大神说：“我可是不会看她一眼的。”话虽如此，她还是挪开了掩面的袖子，望向镜子。她看着看着，不禁被跳舞者的美貌所吸引，便从岩洞里走了出来。顿时，洪水泛滥的高天原重见光明，地上的稻穗开始摇曳，野樱树绽开花朵。所有神灵手牵手围成一圈，环绕着天照大神，岩洞口被关上了。跳舞的神女大喊：“哦，尊贵的夫人，怎么会有任何一位神灵能比过您呢，天照大神？”

于是，他们满心欢喜地载着大神回去了。

但是，敏捷、勇敢又鲁莽的须佐之男，也就是长发飘飘、心中不悦的海神，由于受到各位神灵的指控，要在天安河原受审了。神灵们商量后，决定以重刑处罚他。他们剃去了令他骄傲的漂亮头发（那蓝黑色的头发好似鸢尾花的颜色，一直垂到他的膝下），又把他永远地驱逐到天界之外。

须佐之男经由浮桥回到大地，心中十分苦闷，好几天都在绝望中徘徊，不知该往哪里去。他走过美丽的稻田和贫瘠的荒原，都无心留意，最后来到了出云国的肥河边歇脚。

他坐在那儿，心情低落，双手抱头，望着河水，看见一根筷子漂浮在河面上。鲁莽的须佐之男立马站起来说：“上游有人家。”他便沿着河岸往上游走，想要找到那些人家。没走多远，他就看见一个老人正坐在河边的芦苇和柳树边，痛苦地哭泣哀叹。一位庄重美丽、好似天神之女的女人正陪在他身边，但她迷人的眼睛因泪水而失了神。她不停地悲叹，拧着双手。在这两人中间，有一位身姿瘦削优美的年轻姑娘。但须佐之男看不清她的面容，因为她脸上蒙着一层纱。她不时挪动着身子，似乎因恐惧而颤抖着，看上去像是在哀求老人，又像是在拉扯女人的袖子。但最后，两人依然悲伤地摇了摇头，继续哀叹着。

须佐之男满心好奇，走上前去问老人："你是谁？"

老人答道："我是山中的土地神。正在哭泣的这位是我的妻子。这孩子是我最小的女儿。"

须佐之男又问他："你们为何哭泣哀叹？"

老人回答："你知道吗，先生，我是很有名的土地神，生了八个漂亮的女儿。但这片土地已被恐怖笼罩，因为一个叫作八岐大蛇的怪物每年此时都会来此作祟，以吞食年轻少女为乐。七年来，我的七个孩子都被它吃了，而如今，我最小的女儿也将遭遇不测。这就是我们在这儿哭泣的原因，尊敬的先生。"

听罢，鲁莽的须佐之男问："那怪物长什么样？"

土地神回答说："它凶残的眼睛血红如酸浆果，身上不仅长了八颗脑袋和八条披着鳞甲的尾巴，还披挂苔藓、枞木和柳杉。它穿行在八个峡谷和八座山脉间，身子下面血淋淋的。"

鲁莽的须佐之男喊道："大人，把你的女儿许配给我吧。"

土地神看着强壮俊美、容光焕发的须佐之男，便明白他是一位神灵。于是，他回答说："能把她托付给您，我深感荣幸。但是，请问您尊姓大名？"

须佐之男说："我是海神须佐之男，被天界流放至此。"

土地神和他美丽的妻子说："好吧，尊敬的大人，把我的小女儿带走吧。"

须佐之男立刻掀起面纱，看见新娘的脸庞苍白得好似冬夜之月。他抚摩着她的前额说："亲爱的美人，亲爱的美人……"

姑娘站着，脸上泛起淡淡的绯红。只消须佐之男眼中的泪水就足以让她害羞了。须佐之男又说道："亲爱的美人，我们未来的日子将充满快乐。现在就别犹豫了。"

　　他立马带走了姑娘，把她变成了一顶皇冠，雄赳赳地戴在头上。他指导着土地神，与他反复酿造八次，制成了清酒，倒入八个桶中待用。一切准备就绪后，他们便开始等待。此时传来一声好似地震的巨响，山脉和山谷都随之震颤。大蛇爬了过来，看起来巨大而丑陋，吓得土地神都遮住了脸。但鲁莽的须佐之男紧盯着大蛇，抽出了宝剑。

　　此时，八头大蛇立马把八颗脑袋分别探到每一个酒桶里，畅饮起来。不一会儿，大蛇就喝醉了，垂下脑袋睡着了。

　　见状，须佐之男挥起十拳剑，跳到怪物身上，猛砍八刀，砍下了它的八颗脑袋。几刀下去，大蛇被杀死了，流淌的肥河水也被染红了。须佐之男又开始砍大蛇的尾巴，但在砍到第四条尾巴时，宝剑被弹了回来。他用剑尖将尾巴剖开，发现里面有一把镶着宝石的大刀，刀刃锋利，似是连铁匠都难以锻造。他拿走大刀，献给了他尊贵的姐姐——太阳女神。这把刀就是草薙剑。

　　后来，鲁莽的须佐之男在须贺造了一座宫殿，和新娘住在了一起。天庭中的云朵如幕帘般围绕着宫殿。须佐之男唱起了这支歌：

　　　　　　"云气缭绕生，
　　　　　　翻涌成阑干，
　　　　　　夫妻居其中。
　　　　　　哦，翻涌成阑干……"

# 常鸣鸟

天界的光明神——天照大神下令说："我那位被称为征服者的尊贵之子，即将降临大地。这里是丰饶的苇原中国，他当统治这片国度。"

此时，尊贵之子——征服者，正站在天之浮桥上往下看。他看见苇原中国上一片骚乱。凡间的神灵互相争吵，血流不止，可怕的战斗声四起，甚至传到了天界。于是，这位来自天界的尊贵之子穿过浮桥，发誓说，大地上若是纷争不止，他就不会下凡来统治这里。

天界的光明神天照大神凝视着迅速西沉的太阳，把珠宝缚在头上，又召集神灵组成了一支神圣战队，在天安河原一起商议。她问："谁能平定那片由我赐予尊贵之子的土地？"

所有神灵喊道："哦，尊敬的大人，把长矛神派下来吧。"于是，长矛神身背八百支矛，轻盈地从天之浮桥上走了下来。他平息了苇原中国的战乱后，便定居在那里。三年来，大地上一片安宁。

于是，天界的女王再次召集了奇妙神、思兼神和天界的所有神灵，在天安河原共同商议。神灵尊贵的双脚在沙地上留下串串脚印。天照大神说："现在看来，长矛神已经背信弃义。我们该派谁来统治这国度？"

年轻的王子回答说："哦，尊敬的天神，天界之母，派我去吧。"所有神灵都齐声喊道："派他去，派他去。"最后，河床上响起了雷鸣般的声音。

于是，年轻的王子穿上草鞋，佩戴上神灵们从天庭带来的大弓，又备足了天羽箭。众神灵为他穿戴整齐，带他来到了天之浮桥。年轻的王子轻盈地走下桥，外衣闪耀着天界的光辉。当他降落到高山之巅时，他开始心跳加速，热血沸腾。于是，他切断了草鞋的绑带，扔掉鞋，像凡间的神灵一样赤脚狂奔起来，冲入苇原中国的宫殿里。

此时，下光公主正站在宫殿门口，好似含苞待放的花朵。年轻的王子注视着她，并爱上了她。他在苇原中国为自己建了一栋房子，并娶公主为妻。由于他深爱着公主，还有和她在凡间生的孩子，他并没有把这件事告诉天庭，也忘记了等他归去的天界神灵。天界对他来说，犹如模糊的梦境。

而众神都疲惫了。

天照大神说："我们的使者久久逗留在那里，杳无音信。我的大人——尊贵之子已失去了耐心。我们现在该派谁去？"听到这话，思兼神和所有神灵回答说："让那只在天界受到爱戴的常鸣鸟去吧。"

于是，天照大神召来金色的常鸣鸟，并对它说："尊贵神灵的甜美歌者，快张开明亮的翅膀，飞向苇原中国，找寻天界信使——年轻的王子。找到他后，请在他耳边唱这首歌：'太阳女神——天照大神，差我传话，天界之令完成否？口信可传递？报告在何处？'"

随后，鸟儿唱着歌离开了，飞到了苇原中国，停歇在年轻王子居所附近的一棵美丽肉桂树的枝杈上。常鸣鸟日夜唱着甜美的歌，天界的神灵都想念着它。但是，鸟儿再也没有回到天界，一直停歇在肉桂树上。

年轻的王子却没有注意到鸟儿。

恶毒的女人听到了鸟儿唱的歌，在年轻王子的耳边窃语道："大人，你来看看，这是只邪恶的鸟，叫声也很鬼魅。请你带上箭，过去杀了它吧。"她不停地催促着，又用美色诱使着他。于是，年轻的王子站起身来，带上弓和天羽箭，往肉桂树的枝杈间射去。突然，甜美的歌声停止了，金色的鸟儿从树上落下来，死了。那支箭射中了目标。

可是，天羽箭竟又生出了翅膀，刺向天庭，直抵太阳女神和诸位尊贵大臣在天界的天安河原所坐的高位。奇妙神拾起箭，看见了羽毛上的血。思兼神说："这就是那支送给年轻王子的箭。"他把箭展示给所有神灵看，继续说，"如果年轻王子用箭射向的是恶灵，我们会根据指令，不去伤害他。但是，如果他居心不良，那就让他接受这支箭的惩罚吧。"随后，他把这支箭扔回了大地。

此时，年轻的王子正躺在榻上睡觉。箭落了下来，刺穿他的心脏，杀死了他。

歌声甜美的常鸣鸟再也没有回来；众神都很悲伤。

年轻的王子死在了床上，他的妻子下光公主痛哭不止，声音随风回荡，传到了天庭。于是，年轻王子的父亲悲叹着从天界赶来，在苇原中国修建了一间灵堂，把年轻的王子安葬在那里。

河中的野鹅、雉鸡和翠鸟都前去灵堂，哀悼了整整八天八夜。

# 观音的传说

很久以前，天桥立是连接天界与凡间的浮桥。神仙曾经通过这座桥下到凡间。他们手握镶嵌宝石的长矛，身背巨弦弓和天羽箭，锦衣丝履，宝镜随身。时过境迁，当天界和人间的通道被关闭后，神仙便不再走下凡尘。为了纪念美好的往昔，人们仍把这个地方称作"天桥立"，如今已经成为"日本三景"之一。只见一条沙洲延伸到蔚蓝大海中，宛如一座覆满黛色松树的通天之桥。

从前，京都有一位苦行僧名叫西园善治。他从小就心虔志诚，是一名佛教信徒，精通教义与佛理，知晓虚妄带来的无边苦海，也知晓涅槃的妙不可言。他长期静坐冥想，并背诵了大量经文。在一次前去朝圣的路上，他来到了天桥立，看到眼前的美景不禁心中赞叹。

他说："愚者以为草木沙石、青山绿水都是无情的，可智者却知道它们充满灵性，并会赞颂如来。我将在此修行，与它们同声歌唱，不再回乡。"

于是，苦行僧西园善治爬上了紧邻天桥立的成合山。他来到一棵孤松边，搭建起一个供奉慈悲观音菩萨的神龛，还给自己盖了一间遮风挡雨的小屋。

他终日吟诵佛经，从黎明破晓一直吟唱到日落西山，逐渐了悟，直到欣喜。他的声音越来越洪亮，越来越清晰，以至于令人称奇。山上的风铃草听见了，毕恭毕敬地垂下头；美丽的白百合听见了，从花心深处散发出迷人的芳香；树木丛中，蝉声隐隐，鸟鸣悠悠。无数只蜻蜓和蝴蝶围绕着苦行僧的小屋飞舞，它们是安乐的亡魂。远处的山谷里，正在辛勤劳作的农民，或插秧，或拾穗，歌声让他们忘记了劳累。太阳渐渐被乌云遮住，风也渐停，细雨轻柔地滴落在他们的脸颊上。他们经常爬上陡峭的山坡去跪拜观音菩萨，还会和西园善治谈谈天，给他的木碗里盛满大米、小米、大麦饭或豆子。有时，西园善治也会下山去村落里，行医问诊，抚慰幼童。人们传说他的衣袍会闪闪发光。

这一年的冬天出奇的冷。北风呼啸，大雪纷飞，暴雪一直下了九天。所有村民为了取暖都闭门不出，缺吃少穿的村民纷纷病倒。阿弥陀佛，成合山上怎么会如此寒冷刺骨？！孤松边，苦行僧的小屋周围也堆着厚厚的积雪，慈悲的观音菩萨的神龛已经被深深埋在积雪中。西园善治靠村民送的食物维持了几天。后来，他汲取思想之火取暖，在冥想中度日。对他来说，这就是最好的饮食和休息。然而，他的清净修为也无法完全驱散杂念。世上终究无人能摆脱肉身之苦。

"原谅我，慈悲的观音菩萨，"西园善治恳求道，"如果再没有食物，我真的就要死了。"

他慢慢爬起来，挣扎着推开小屋的门。暴雪停了，屋外明净又寒冷。孤松的枝干上披着皑皑白雪，浮桥也同样裹上了银装。

"原谅我，慈悲的观音菩萨，"西园善治说，"不知为何，我不愿离开人世奔赴黄泉。请救救我吧，慈悲的观音菩萨。"

转身间，他突然看到一头带斑纹的母鹿躺在雪地中，刚刚被冻死。"可怜的小家伙，"他低下头说，"你再也不能在山坡上奔跑嬉戏，品尝鲜嫩的青草和清甜的花朵了。"他满怀悲伤地抚摩着鹿的身体。

"可怜的鹿儿，我不会吃你的肉。这样难道不是违反教义吗？难道不是罔顾慈悲的观音菩萨的劝诫吗？"他陷入了沉思。正当他百思不解的时候，有一个声音对他说：

"唉！西园善治，如果你在饥饿寒冷中死去，我的子民该怎么办啊？想想山谷里可怜的村民，他们难道不应该继续受到如来佛经的慰藉吗？破即是立，我的信徒，你聪明一世，怎会因为一条戒律而失去一切？"

听罢此言，西园善治掏出一把匕首，从母鹿身上割下一块肉。他把松枝堆高，生起小火，用铁锅煮熟了鹿肉，吃下了一半鹿肉。他恢复了体力，便唱起如来佛经。火焰竟从余烬中蹿起，仿佛听到了他的歌唱。

"我必须把可怜的鹿儿埋葬了。"西园善治说罢，便走回自己的小屋。但是，当他再次回到雪地里时，却到处都找不到那只母鹿了。深深的积雪中竟然没有留下一丝踪迹。

"这太奇怪了。"他疑惑道。

恰在此时，贫困的村民从山谷中爬上山来探望西园善治，想看看他是否在暴风雪过后安然无恙。"他是佛祖的使者，该不会冻死或饿死。"人们议论道。他们发现西园善治正在小屋里诵经，还告诉他们自己是吃了一头母鹿的肉才活下来的。"我割下了一手之宽的肉，"西园善治说，"还有一半留在铁锅里。"

然而，当人们一起去查看锅时，并没有发现鹿肉，锅里只有一枝一侧镀金的雪松木。众人大吃一惊，把雪松木拿到仁慈的观音菩萨的神龛前。当积雪被清扫干净后，众人无不下跪膜拜。在神龛金色的花丛中，有一座镀金的观音像。观音面带微笑，右侧有一个很深的裂缝，裂缝中已被割去了镀金木枝。村民立刻虔诚地把刚刚在锅中发现的镀金木枝插进裂缝里，瞬间，裂缝消失了，无瑕的观音像闪耀起光芒。所有人都俯伏于地，只有僧人仍然站立着，赞颂慈悲的观音菩萨。

落日余晖中，山谷的村民慢慢地从神龛前爬起来，走回家中。冷月高挂天空，微光拂照在孤松、浮桥和海面上，也透过神龛顶端的缝隙照在观音的面庞上，映衬着她对众生满怀的悲悯。西园善治，她的信徒，静立于她身前，忘我地吟唱。两行泪水滑过他的面颊：

"神女美貌法高强，
善心慈悲千手扬！
用汝血肉将我救——
功德无量！
哀哉母鹿逝我旁；
我心深处有话讲
有破有立从佛道——
功德无量！
慈悲观音在我旁，
拯救我于幻海茫；
使我不惧雪和松。
功德无量——
汝弃涅槃于不顾，
助我此生不迷惘，
高声再将经文唱。"

# 雷太郎的故事

　　村民说，雷神毫无爱心，不仅生性胆怯，而且报复心强，待人残忍。村民都很害怕下暴雨，还痛恨闪电和风暴。他们大说特说雷神和其子雷太郎的坏话。但是，他们都错了。

　　雷神殿下住在蔚蓝天庭的云端城堡里，是个强有力的伟大神灵，掌管着大自然。雷太郎是他的独子，这个勇敢的男孩深得父亲喜欢。

　　在一个凉爽的傍晚，雷神和雷太郎在云端城堡的城墙上散步。他们站在城墙上，向四方望去，看见苇原中国上劳作的人们，常常大笑起来，有时也会发出叹息。有时，雷太郎把身子探到城墙外，看着孩子们在大地上来回奔跑。

　　一天晚上，雷神殿下对雷太郎说："孩子，今夜要好好观察人们在做什么！"

　　雷太郎回答说："父亲，我会好好观察的。"

　　从北城墙望去，他们看见威武的大名和披甲的战士正奔赴战场；从南城墙望去，他们看见僧人和助手正在神庙中举行法事，光线晦暗，香烟缭绕，黄金和青铜质地的佛像在暮霭中闪烁着幽光；从东城墙望去，他们看见一位美丽的公主，还有一群身着玫瑰色衣裳的侍女，正在小姐的闺阁中为她奏乐。那里还有很多孩子，正围着一小车鲜花玩耍。

　　"哦，孩子们真可爱！"雷太郎说。

从西城墙望去，他们看见一位农夫正在稻田里劳作。他劳累不堪，腰酸背痛。妻子也在一旁干活。连农夫都感到了疲惫，他的妻子更是累得不行。但他们依然生活贫穷，衣衫褴褛。

"难道他们没有孩子吗？"雷太郎问。雷神摇了摇头。

此时，雷神问："雷太郎，你有没有仔细地观察？今夜，你仔细观察那些人的举动了吗？"

"父亲，"雷太郎说，"我的确仔细观察了。"

"那你来挑吧，我的儿子，我让你来挑选自己在人间的住处。"

"我必须要和老百姓住在一起吗？"雷太郎问。

"是的，孩子，你必须和他们在一起。"

"我不会和那些披甲的男人在一起。"雷太郎说，"我不喜欢战争。"

"哦，我的儿子，你为何这样说？那你会不会去美丽小姐的闺阁？"

"不，"雷太郎说，"我是一个男人。另外，我既不会剃度，也不会和僧人住在一起。"

"那么，你会不会和贫苦的农民住在一起？你的生活将变得十分艰辛，收入也很微薄，雷太郎。"

雷太郎说："他们没有孩子。也许他们会喜爱我的。"

"走吧，安心地走吧。"雷神殿下说，"因为你做出了明智的选择。"

"我该怎么过去呢，我的父亲？"雷太郎说。

"要不失风度，"父亲说，"以一种符合天庭王子身份的方式降临人间。"

此时，贫穷的农夫正在石川县白山脚下的稻田里劳作。明亮的太阳日复一日、周而复始地当空照耀，晒得稻田干涸，嫩苗打蔫。

"哎呀，天哪！"贫穷的农夫大喊，"我该怎么做才能让稻谷不打蔫呢？愿老天开眼，对我们这些可怜人发发慈悲吧！"

说罢，他坐在稻田边的一块石头上，伤心又疲惫地睡着了。

农夫醒来时，空中布满了乌云。虽是正午时分，天色依然漆黑，像夜晚一样。树叶沙沙作响，鸟儿也停止了鸣唱。

"暴雨来了，暴雨来了！"农夫大喊道，"雷神大人骑着黑马冲出天庭了，还敲着大雷鼓。这里要下大雨了，感谢老天爷！"

雨下得非常大。伴着电闪雷鸣落下的雨水都汇成了溪流。

"哦，雷神大人，"农夫说，"感谢老天开恩，请别再下雨了，雨下得够大了。"

农夫说罢此话，明亮的闪电变成一团燃烧的火球，劈向大地。天庭似乎随着炸响的巨雷撕裂了。

"啊！啊！"农夫大喊道，"请观音菩萨可怜可怜我这罪恶的灵魂吧！这雷神已经让我受够了。"他躺在地上，双手掩面。

不过，暴雨渐渐平息了。他立马坐起来，擦了擦双眼。火球闪电已经消失了，但潮湿的土地上竟躺着一个小婴儿。这是一个刚出生的男孩，脸颊和头发上还挂着雨珠。

"哦，观音菩萨，"可怜的农夫说，"这就是您发的慈悲吧。"他抱起婴儿，把他带回了家。

待他进屋后，雨还在下，但天已放晴。碧空如洗，花儿在凉爽的空气中闪闪发光，像是抬着一颗颗充满感恩的脑袋。

农夫走到了农舍门口。

"老婆，老婆，"他喊道，"看我给你带了什么回来。"

"是什么呀？"他的妻子问。

农夫回答说："雷太郎，是雷神年幼的长子。"

雷太郎日渐长大，越发强壮，长成了乡间最高大、最快乐的男

暴雨渐渐平息了。他立马坐起来，擦了擦双眼。
火球闪电已经消失了，但潮湿的土地上竟躺着一个小婴儿。
《雷太郎的故事》

他尊贵的面容明晃晃地倒映在泉水中。
所有侍女都抬起头，看见他俊美的脸庞，感到惊奇不已。
《海王和魔法宝石》

公主弯下腰，把阿达从水中拎了出来，
用纤纤玉手从它喉咙中取出了鱼钩。
《海王和魔法宝石》

她起身走到岩洞口，稍稍挪开大石块，
看见一束光线正落在跳舞的神女身上。
她身着盛装，站在光线中，气喘吁吁。
《鲁莽的须佐之男》

八头大蛇立马把八颗脑袋分别探到每一个酒桶里，畅饮起来。
不一会儿，大蛇就喝醉了，垂下脑袋睡着了。
《鲁莽的须佐之男》

他将长发束起，追随伊邪那美来到黄泉国的入口前。
母神走出来迎接他。
《黄泉国》

恶毒的女人听到了鸟儿唱的歌，在年轻王子的耳边窃语道："大人，你来看看，
这是只邪恶的鸟，叫声也很鬼魅。请你带上箭，过去杀了它吧。"
《常鸣鸟》

浦岛君，濑户内海的渔人，我愿用珍珠镶嵌卧榻；
我愿将卧榻铺满海藻海葵；
你将成为深海之王，与我一起统治海洋。
《浦岛君》

孩子们在松树的树干间来回穿梭，漂亮得既像花朵，又好似蝴蝶。
他们每个人都赤脚跳着舞，蓬松乌黑的长发披在身上，
他们的皮肤如梅花般洁白。
《木槌》

两人轻轻离开地面，伴着风之乐，摇摆着，飘浮着，
升入空中，越飞越高，最后隐于松树枝杈权间，再也没出现过。
《风吟松树林》

当积雪被清扫干净后，众人无不下跪膜拜。
在神龛金色的花丛中，有一座镀金的观音像。
《观音的传说》

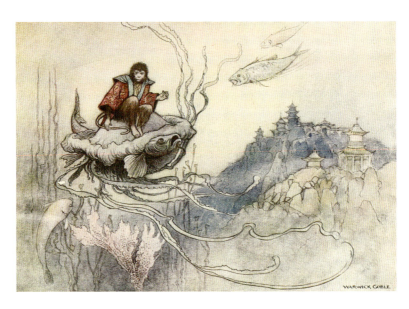

猴子从柿子树上滑下来，跳到了水母的背上。
回去的路上，才走了一半，水母就忍不住哈哈大笑起来。
《愚笨水母与机灵猴子》

鼠先生见到风殿下迎面而来，
立刻满脸堆笑地向他吐露了自己的心愿。
《鼠先生嫁女儿》

"师父，师父，"小僧大喊道，一边喘气，一边擦着额头，"你的茶壶中了妖术。
它竟然是一只狸猫。看看它给我们跳的舞，令人难以置信！"

《茶壶》

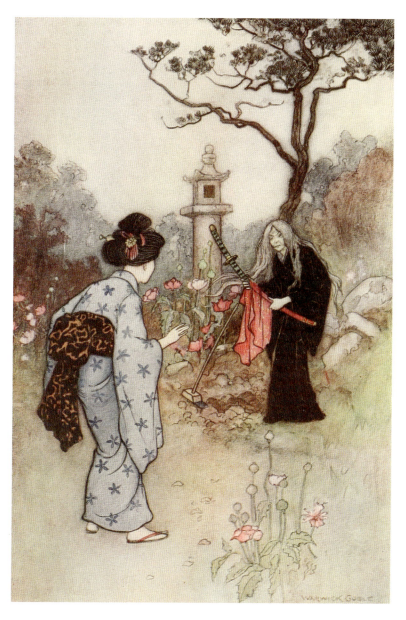

她仍挖着土，终于找到了裹着金红色锦缎的宝剑，怀抱着宝剑放声大哭。
《乳母》

姑娘跪倒在地，好像一朵被灼日晒蔫的百合。
她用双臂抱着渔夫的膝部，凑到他身边哀求他。

《羽衣》

孩。他的养父母十分高兴，邻居们也都很喜欢他。他在十岁时已经能像成年男子一样在稻田里劳作了，而且预报气象十分精准。

"我的父亲，"他说，"这几天天气很好，让我们来做这件事吧。"或者他又会说："我的父亲，今晚将有暴雨来袭，让我们来做那件事吧。"无论他怎么说，预言的情况一定会发生。他为贫困的农夫带来了好运，万事都很顺利。

在雷太郎十八岁的时候，所有邻居都应邀参加他的生日宴。宴席上摆了很多上好的清酒，村民都很高兴；只有雷太郎很沉默，心情低落。

"你在愁什么呢，雷太郎？"他的养母问道，"你总是人群中最快乐的一个，但你为什么这样沉默，看上去有些悲伤？"

"那是因为我必须要和你们告别了。"雷太郎说。

"不，"他的养母说，"别离开我们，雷太郎，我的儿子。你为什么要离开我们？"

"因为我必须要走了，母亲。"雷太郎答道，眼中噙着泪。

"你为我们带来了好运，给予了我们一切。而我又给你带来了什么呢？我给你带来了什么呢，雷太郎，我的儿子？"

雷太郎答道："您教会了我三件事情——劳作、忍耐和热爱。您对我的教导比圣人还多。"

最终，雷太郎告别了他们，化作一朵白云，升入蔚蓝天庭，回到了父亲的城堡。雷神迎接了儿子的归来，与他一同站在城堡的西城墙上，俯瞰人间。

养母站在那里伤心地抽泣，她的丈夫则握住了她的手。

"亲爱的，"农夫说，"我们与他分离的日子不会太久。我们很快就会老去，不久就能和他在天上重逢。"

# 破碎的神像

从前有两兄弟，他们都是王子。

哥哥是位猎手。他喜欢在丛林深处追逐猎物，每天带着弓箭早出晚归。他身手敏捷，擅长奔跑，身体健硕，目光锐利。弟弟则是个梦想家，有一双温柔的眼眸。他从早到晚静坐着，不是读书就是思考。他会唱甜美的情歌、战歌和牧歌，还能讲述关于精灵与诸神时代的动人故事。

一个明媚的夏日，猎手像往常一样一大早就去了丛林，而梦想家却拿了一本书，一边沉思，一边在小溪边悠然漫步。溪边盛开着黄色的猴面花。

"那是精灵的钱币。"他喃喃自语道，"可以买到仙境所有的欢乐！"他边走边微笑着。

走着走着，他的眼前出现了一座神庙。神庙前有一百级台阶，爬满了青苔，台阶两旁立着看门的石狮子。神庙背后，皑皑白雪覆盖着巍峨的富士山，低矮的群山如同俯首的祷告者般环绕着它。

"哦，圣岳富士山！"梦想家说，"哦，冷峻的神奇之山！你恰似一首无声的甜蜜乐曲，和谐而静美。"

他爬上覆满苔痕的台阶。两只石狮子起身跟随着他，一起进入了神庙内门。

时值正午，神庙内静寂无声，香火袅袅，金铜雕像和神秘明镜发出幽幽暗光。

庙里传来了歌声，梦想家转过身来，看见右边站着一个身材奇高的人，脸上洋溢着永不退逝的青春之光。他怀抱一个一岁的婴孩，唱着奇异的调子哄他入睡。当孩子睡着时，他露出了满意的微笑。

"这个孩子是谁？"梦想家问。

"哦，梦想家，这不是孩子，是一个灵魂。"

"那么，长老，您是谁？"梦想家问。

"我乃地藏菩萨，负责守护孩童的灵魂。听到他们在赛河原[1]的河床上哭泣，我心生怜悯。唉，他们无依无靠，垂泪徘徊，伸出小手求助。他们要用石头搭建一座转经塔，可是一到夜晚，恶鬼就将塔吹倒，石头散落一地。这让孩子们很害怕，所有的辛劳也付之东流。"

"那怎么办，地藏菩萨？"梦想家问。

"佛祖应允后，我便赶到了。我喊道：'到这里来，游魂们。'他们便飘向我，藏在我的长袖里。我把他们放在臂弯中和胸口前，他们又轻又冷——如同清晨山间的薄雾。"

正在他说话间，怀中的婴孩惊醒了，开始咿呀低语。他一边摇晃他，一边在静静的寺庙里走来走去哄着孩子。

时间匆匆，正午已过。

这时，一位穿着灰袍银鞋、极其温柔美貌的女子来到寺庙里。她说："我是观世音，为众生放弃了永安。佛祖赐予我一千只慈悲之手，能够赐福众生。梦想家啊，你做梦的时候该看到我普度众生时乘坐的莲花舟。"

87

---

[1] 赛河原（Sai-no-kawara）：阳世和阴间之间的一条河川。

"观音菩萨啊……"梦想家惊叹。

随后来了一位蓝衣女子，口中念念有词，声音甜美、低沉又熟悉。

"我乃弁才天，是海洋女神和音乐女神。群龙盘踞在我的脚下，看看它们碧绿的鳞片和宝石一样的眼睛。你好，梦想家！"

一群充满生气的男孩随后而来，欢笑着伸出他们稚嫩的手臂。"我们是海洋女神的孩子。"他们说，"来呀，梦想家，到我们清凉的洞穴里来。"

道路之神和他的三只猿猴信使也一同过来了。第一只猿猴用手捂着眼睛，因为他不能看邪恶之事；第二只猿猴用手捂住耳朵，因为他不能听邪恶之音；第三只猿猴用手捂着嘴，因为他不能讲邪恶之语。这时，凶恶的阎婆走来，手里拿着那些交不起黄泉路费者的衣物，而这些亡魂在通往神秘的三道[1]之门时冻得发抖。他们真的很不幸。

梦想家在奇异的神庙中看到了许多景象。

黑夜降临，暴风雨骤起，寺庙房檐上方传来了雨声，梦想家却全然不觉。突然，庙外传来了匆匆的脚步声，一个声音喊道："弟弟，弟弟，弟弟！……"只见猎手飞快地蹿进金色的大殿。

"你在哪儿？"他大喊，"弟弟，弟弟！"他高举着灯笼，头发披散在肩，脸上因为雨水而焕发出光泽，目光锐利如鹰。

"哦，哥哥……"梦想家应道，向他跑去。

"感谢神明，你平安无事。"猎手说，"我跑遍了森林，顺着河流，

88

---

[1] 佛教讲六道轮回，六道，即天、人、阿修罗、畜生、饿鬼、地狱。其中天、人、阿修罗为三善道，即上三道；畜生、饿鬼、地狱为三恶道，即下三道。

找了你半宿。都怪我把你一个人留下……我亲爱的弟弟。"他边说边用温暖的手掌捧起弟弟的脸。

可梦想家却叹息一声,"我整晚都和神明在一起。"他说,"我觉得我还能看见他们。这地方很神圣。"

猎手用灯笼照亮了寺庙的墙,周围都是鎏金铜器。

"我没看到神明啊。"他说。

"那你看见什么了,哥哥?"

"我看到一排石像,破碎的神像,已经发灰褪色了,脚上爬满了青苔。"

"他们褪色是因为悲伤,他们悲伤是因为被世人遗忘了。"梦想家说道。

猎手二话不说,拉住他的手把他领出了庙。

"哥哥,雨后的豆田真是香气迷人啊!"梦想家感慨道。

"快穿上草鞋,咱俩比赛,看谁先跑回家。"猎手说。

# 风吟松树林

很久以前，一位来自高天原的神灵种下一棵松树。

在一个连仙鹤都不记得，乌龟也只从曾祖母那儿听说过的久远时代，神仙曾下凡过。他通过浮桥轻盈地来到人间，右手拿着这棵树，轻轻地落到了大地上。

他说："我曾去过苇原中国。那里土地肥沃，我很满意。"于是，伴着海浪声，他在播磨国的高砂种下了这棵松树，又沿着浮桥回到了高天原。

松树茁壮成长，枝繁叶茂，比苇原中国的任何一棵树都茂盛。树桩泛着玫红色，树荫下落了一层松针，如铺着褐色叠席一般。

在甜美的夏夜，森林之子在月光下手牵着手来到这里。他们黑瘦的脚丫踏着苔藓，在身后甩动着绿色长发。

河流之子也乘月色而来，他们的袖子全都浸湿了，晶莹的水滴从指尖滑落。天空之子栖息在松枝上，整夜低声吟唱。海洋之子从金黄的沙滩爬了过来。三位掌管暗夜秘密、声音和香气的使者也从黄泉国赶了过来，脸上蒙着面纱，身体纤瘦泛灰。他们悬浮在松树林的上空，让整片树林显得神圣而鬼魅。

在高砂的沙滩上散步的恋人听见一大群精灵在齐声歌唱。

"亲爱的，"他们互相问对方，"你听见风吟松树林了吗？"

卧病在床的可怜人听见了风声，出海打鱼的渔夫也停下了工作，窃窃私语："风啊，松树林里的风啊！听那风儿拂过水面的声音！"

在一个连仙鹤都不记得，乌龟也只从曾祖母那儿听说过的久远时代，一个姑娘出生在高砂的穷人家。姑娘棕色皮肤，身材高挑，脸蛋俏丽，仪态优美，头发一直垂到了膝盖。她一早起来就帮着母亲干活，拾柴打水。她织工一流，久久地坐在大松树树荫里的纺车前推着梭子，耳畔回响着枝杈间的风声。有时，她会望向海上的航道，一边凝望，一边等待。她很沉稳，从不焦躁，虽然时常微笑，但严肃多于喜乐。她的嗓音如天庭神灵的一般。

现在，让我们来聊聊一位来自远方外省的年轻人。仙鹤总是飞来飞去的，知道一些关于他的故事。她在飞过远方的溪流和山谷时说，她看见年轻人正在绿色的稻田里劳作。仙鹤在晴朗的天空中徘徊着，兜着圈子。年轻人站了起来，四下看着山谷和溪流，又望向了天空。

"我听见了召唤声，"他说，"不想再逗留了。我听见了心中的呼唤，我要追寻它而去。"

于是，他离开稻田，向双亲、兄弟姐妹和各位朋友一一告别。他们全都来到海边，相拥而泣。年轻人乘上一艘船，驶入大海，送行的人们都站在海滩上。

小船在大海中沿着未知的路线全速前进了好几天。白鹤一路随船飞翔。风力不够时，她就扇起有力的翅膀，为小船鼓风。

终于，在某一天的傍晚日暮时分，年轻人听见了一阵甜美的歌声。歌声从岸上传来，飘荡在航道上。他从船上站起身来，仙鹤拍打着强劲的白色翅膀，带着小船驶向岸边，直到船停靠在高砂的金黄沙滩上。

年轻人上岸后，便把船推入了海水中，看着船随浪涛越漂越远。随后，他朝岸上走去，耳畔仍回响着乐声。这声音好似来自天庭的神灵，歌词奇异而神秘：

> "恋人携爱礼，
>
> 丝弦镶宝玉，
>
> 赠予心上人。
>
> 精工雕圆玉，
>
> 翠如茵茵草，
>
> 镶于丝弦上。
>
> 宝玉无所知，
>
> 丝弦心中明，
>
> 丝弦何其韧！"

年轻人往前走到了一棵大松树下，看见一位姑娘正坐在树下，勤劳地织着布，唱着歌。仙鹤扑棱着强壮的白色翅膀飞来，栖息在松树最高的枝杈上；乌龟躺在树下如褐色叠席一般的松针上。

年轻人睁着小眼睛，看着眼前的一切。由于生性沉默，他什么话都没说。

年轻人站在姑娘面前，等待着。

"你从何处来？"姑娘抬眼问道。

"我沿着海中航道，从远方来到此地。"

"你为何来此？"

"你当心知肚明。因为你的歌声在我心中回荡。"

"你是否给我带来了礼物？"她问。

"我的确把一整件礼物都带来了。这是镶着玉石的丝弦。"

"来吧。"她一边说，一边起身牵住他的手，走向父亲的住处。

他们喝下交杯酒后，便结为夫妻，许多年来过着平静甜美的生活。

　　仙鹤一直栖居在松树最顶端的枝杈间，而乌龟则始终住在树下褐色的松针地毯上。

　　时光无情飞逝。最后，曾经的年轻人和姑娘都变得白发苍苍，衰老憔悴。

　　"美丽的爱人，"老人说，"看我变得多憔悴了！衰老真令人悲伤。"

　　"我亲爱的，别这么说，"老妇人说，"别这么说，最美好的事情就要来了。"

　　"亲爱的，"老人说，"我想在临死前去看看大松树，再听听那穿梭在枝杈间的风声。"

　　"那就去吧。"老妇人一边说，一边站起身牵起了丈夫的手。

　　两个衰老、虚弱又疲惫的人儿，手牵着手，步履蹒跚地走向松树林。

　　"我好虚弱啊。"老人说，"啊，我好害怕！这里太黑了！请你牵住我的手……"

　　"我已经握紧你的手了。来，躺下吧，躺下吧，亲爱的爱人，安静地听树林里的风声吧。"

　　他躺在树枝下松软的褐色松针上；风儿唱起了歌。

　　他的妻子，他的至爱，在他身边弯下腰，护着他。他的躯体出现了巨大的变化。

　　随后，他睁开眼睛望向妻子。她依然纤瘦、修长而挺拔，身材和容颜甚是迷人。此时，两人都变得像神灵一样年轻了。他伸手去触碰她，说道："你那长长的黑发……"

　　"来吧。"她再次呼唤他。两人轻轻离开地面，伴着风之乐，摇摆着，飘浮着，升入空中，越飞越高，最后隐于松树枝杈间，再也没出现过。

此后，一切如常。在甜美的夏夜，森林之子在月光下手牵着手来到这里。他们黑瘦的脚丫踏着苔藓，在身后甩动着绿色的长发。

河流之子也乘月色而来，他们的袖子全都浸湿了，晶莹的水滴从指尖滑落。天空之子栖息在松枝上，整夜低声吟唱。海洋之子从金黄的沙滩爬了过来。三位掌管暗夜秘密、声音和香气的使者也从黄泉国赶了过来，脸上蒙着面纱，身体纤瘦泛灰。他们悬浮在松树林的上空，让整片树林显得神圣而鬼魅。

在高砂的沙滩上散步的恋人听见一大群精灵在齐声歌唱。

"亲爱的，"他们互相问对方，"你听见风吟松树林了吗？"

# 茶　壶

听说，很久以前，上野国的茂林寺里住着一位圣僧。

这位僧人有三个特点：第一，他全身心地投入各种冥想、仪式和信条之中，不仅熟知经文，还通晓奇怪神秘的事情；第二，他品味高雅独到，最喜爱古老的茶道；第三，他洞悉铜币正反两面的含义，喜欢讲价。

有一回，他在镇上一条偏僻小巷中的一家破败的店铺的角落里，发现了一件古茶壶，茶壶又脏又旧，生了锈，几乎被人遗忘。而僧人非常高兴。

"真是一块丑陋的破铜块，"僧人对店主说，"不过可以在晚上用它随便烧烧水。我愿意花三厘钱买这个茶壶。"于是他付了钱，满心欢喜地带着茶壶回家了。茶壶是铜制的，工艺精湛，是用于日本茶道的极品。

一位小僧把茶壶擦洗干净后，茶壶看上去焕然一新。僧人提着茶壶反复把玩，从里到外，看了又看，又用指甲敲打着茶壶，不由得笑了起来。"真是划算。"他一边搓手，一边大喊，"划算啊！"他把茶壶放到一个盖着紫布的盒子上，久久地盯着它看。他看得时间太长了，不得不用手揉了好几次看累了的眼睛，最后闭上双眼，脑袋往前一耷拉，睡着了。

接下来，神奇的事情发生了。尽管四下无人，茶壶却移动了位置。一颗满头毛发的脑袋，忽闪着一双眼睛，从壶嘴探了出来。茶壶盖上下跳动起来。随后，四只棕色毛爪和一条漂亮的毛茸茸的尾巴也露了出来。一分钟后，茶壶从盒子上跳了下来，四处移动，打量着周围。

"这的确是个很舒服的房间。"茶壶说。

茶壶对自己的安身之处很满意，便马上开始跳舞雀跃，高声歌唱。

在隔壁的房间里，三四个小僧正在学习。"这老头还真是活泼啊。"他们说，"只靠耳朵听就能感觉得到。他在干什么呢？"他们用袖子捂着嘴偷着乐起来。

天晓得，这嘈杂声是茶壶发出来的啊！砰！砰！咣！咣！咣！

不一会儿，小僧们不笑了。其中一人挪开了唐纸门，偷偷往屋里看去。

"啊，房间里有恶魔！"他大喊道，"师父的老茶壶变成了一只狸猫。老天保佑我们别被妖术伤害，否则我们都会完蛋的！"

"我刚擦过茶壶，还不到一个小时啊！"另一个小僧边说边跪倒在地，背诵起经文来。

第三个小僧大笑起来。"我可要近距离观察一下妖怪。"他说。

顿时，好几个小僧扔下了书本，开始追着茶壶跑，想要抓住它。但他们能追上茶壶吗？谁都追不上。茶壶一边舞蹈，一边跳跃，还在半空中飞来窜去。小僧们四下追赶，滑倒在叠席上。他们个个满头大汗，上气不接下气。

"哈哈！哈哈！"神奇的茶壶大笑起来，"你们要是有本事，就来抓我啊！"

这时，僧人醒了，满面红润。

"你们吵吵闹闹地在干什么？"他说，"彻底搅乱了我的神思。"

"师父，师父，"小僧大喊道，一边喘气，一边擦着额头，"你的茶壶中了妖术。它竟然是一只狸猫。看看它给我们跳的舞，令人难以置信！"

"真是一派胡言。"僧人说，"中了妖术？绝对不可能。我把它放在盒子上，它一直都在那儿，是个安静的宝贝。"

的确，茶壶看上去坚硬冰冷，毫无异样之处，还是那么招人喜欢。茶壶四周连一根狸猫毛都没有。倒是小僧看上去很可笑。

"真是会编故事啊。"僧人说，"我以前听说有根研杵为了离开研钵，长出翅膀飞走了。这很容易理解。但要说茶壶变成了一只狸猫——真是天方夜谭！孩子们，去读书，多多诵经吧，以免受到幻觉蛊惑。"

那一夜，僧人往茶壶中倒满泉水，放在炭炉上煮，等水烧开后泡杯茶。当水沸腾起来时——

"哎哟！哎哟！"茶壶叫唤起来，"哎哟！哎哟！这真是来自地狱深渊的炙烤！"说时迟，那时快，茶壶立马跳下了火炉。

"巫术！"僧人惊呼，"邪恶的巫术！这是恶魔！恶魔！恶魔！老天爷行行好吧！救命！救命！救命！"这善良的好人被吓得丧失了理智。所有小僧都跑来看这里发生了什么。

"茶壶着了魔。"他喘着气说，"那是一只狸猫，的确是狸猫……它不仅会说话，还在房间里跳来跳去。"

"不会吧，师父。"小僧说，"看看那茶壶还放在盒子上，真是个安静的宝贝。"

果不其然，茶壶还在那里放着。

"我最尊敬的师父，"小僧说，"让我们一起诵经，远离虚象吧。"

僧人把茶壶卖给了一位补锅匠，收了二十铜币。

"这是件挺不错的铜器。"僧人说，"请注意，我把它卖给了你，但肯定不能告诉你我卖它的原因。"哦，他又做了笔划算的买卖！补锅匠是个乐观的人，把茶壶带回家，提着它转了几下，上下颠倒，里外打量着。

"真是个不错的茶壶。"补锅匠说，"太划算了。"那一夜，补锅匠在临睡前把茶壶放在床边，好让自己早上一睁眼就能看见茶壶。

他半夜醒来下床，看见了皎洁月光下的茶壶。

尽管四下无人，茶壶却移动了位置。

"奇怪。"补锅匠说了一句。不过，他是个见怪不怪的人。

一颗满头毛发的脑袋，忽闪着一双眼睛，从壶嘴探了出来。茶壶盖上下跳动起来。随后，四只棕色毛爪和一条漂亮的毛茸茸的尾巴也露了出来。这个东西离补锅匠很近，把一只爪子搭在了补锅匠身上。

"哦？"补锅匠说。

"我并没有恶意。"茶壶说。

"的确。"补锅匠说。

"但我喜欢被人善待。我是一只狸猫茶壶。"

"看上去是这样的。"补锅匠说。

"在寺庙里，他们喊着我的名字，打我，还把我放在火上烤。你知道，我可不能忍受这些。"

"我欣赏你的态度。"补锅匠说。

"我想在你身边安顿下来。"

"我能把你放到一个漆器盒里吗？"补锅匠问。

"别把我放到任何盒子里，把我放在你身边。让我们时不时地聊聊天。我很喜欢烟斗，爱吃米饭、豆子和甜食。"

"还偶尔喝杯清酒？"补锅匠问。

"你说得对，没错。"

"我乐意奉陪。"补锅匠说。

"谢谢你的好意。"茶壶说，"那么，你介不介意和我共睡一张床？夜里开始有点凉了。"

"压根儿不介意。"补锅匠说。

于是，补锅匠和茶壶成了最好的朋友，他们一起吃饭、聊天。茶壶明晓事理，是个不错的伙伴。

一天，茶壶问补锅匠："你是穷人吗？"

"算是吧。"补锅匠回答，"谈不上富，也不是特别穷。"

"哦，我这里有个好点子。身为一只茶壶，我很有本事——而且相当有成就。"

"我相信你。"补锅匠说。

"我叫分福茶釜，是狸猫茶壶中的王子。"

"悉听尊便，我的大人。"补锅匠说。

"不知你是否会听取我的建议。"茶壶说，"我建议你带我四处卖艺，我很有本事，你会赚很多钱。"

"那你可得受累了，亲爱的分福。"补锅匠说。

"没关系，我们马上出发吧。"茶壶说。

于是他们便开始卖艺。补锅匠从戏院借来了帘布，把表演起名为"分福茶釜"。人们蜂拥而至，都想一饱眼福！身怀绝技的奇妙茶壶边跳边唱，在绷紧的绳索上走来走去，像是天赋异禀。茶壶变着把戏，用滑稽的方式逗得人们笑到岔气。茶壶还像贵族一样优雅地弯腰鞠躬，感谢人们的耐心观看。观众可谓是大开眼界。

"分福茶釜"成了街头巷尾议论的焦点。贵族和平民都前来观看表演，而补锅匠则一边挥着扇子，一边收钱，变成了富态的有钱人。他甚至进了宫，那里的贵妇和公主都极想目睹神奇茶壶的表演。

最后，补锅匠不再卖艺了。茶壶来到补锅匠身旁，明亮的眼睛里噙着泪水。

"我很担心自己要离开你了。"茶壶说。

"现在先别说这个，亲爱的分福。"补锅匠说，"现在我们有钱了，应该开开心心地在一起。"

"可是我时日不多了。"茶壶说，"你以后再也看不到老分福了。从今以后，我将只是个普通的茶壶，仅此而已。"

"哦，亲爱的分福，我该怎么办呢？"可怜的补锅匠哭了出来。

"我希望自己能被作为一件非常神圣的宝物送给茂林寺。"茶壶说。

此后，茶壶再也没说过话，也没有挪动过位置。于是，补锅匠把它作为一件极为神圣的宝物送给了寺庙，又把自己一半的财富捐给了寺庙。

多年之后，茶壶仍然赫赫有名。一些人甚至将它奉为圣人。

# 羽　衣

　　三保海岸位于骏河国。那里的沙子金黄细腻，退潮后，沙滩上铺满了玫瑰色的贝壳。沙滩上的松树很古老，被狂风吹得往一个方向倾斜。三保海岸前方是一片深海，后方是圣岳——"山中之山"富士山。有点特别的是，有一群人来到了三保海岸。他们就是奇异族人。

　　奇异族人虽然确实来到了三保海岸，却并不为人所知。他们看起来十分羞怯，还有点楚楚可怜。他们或是穿梭在蓝色的空气中，或是行驶在海中的秘密航道上。他们的步履太轻盈了，从未在潮湿的沙滩上留下过脚印。但有时，当他们在跳舞时，会在沙滩上飞扬起带罗纹的衣袍，把衣袍都弄皱了。这样的场景在三保海岸经常出现。

　　这还不是故事的全部。从前，三保的一位渔夫遇见了一位奇异族的姑娘，和她说了一会儿话，还让她为自己跳舞。这是个真实的故事，来龙去脉是这样的：

　　渔夫整夜都在船上，到处撒网，却一无所获。天亮之前，他已经疲惫至极。在寒冷的清晨，他把船靠在岸边，踏上三保海岸，浑身冷得直哆嗦。

　　他说，当时一股暖风拂面而来，吹起他的衣袍和头发，让他红光满面。沙砾让他冰冷的双脚彻底放松下来。暖风还送来一股芬芳，那是雪松和马鞭草的味道，夹杂着一百朵鲜花的香气。

　　花朵如晶莹剔透的雨珠，从空中轻轻飘落。渔夫伸出双手，接住了花朵，有莲花、茉莉花和石榴花。此时，耳畔传来了甜美的乐声。

"这不是三保海岸，"渔夫困惑地叫嚷着，"那个我千百次停靠小船的地方，那个我在假日里放风筝的地方！哎呀，我怕自己是糊里糊涂地驶入了金银岛，或是不由自主地闯进了海王的花园。也很可能我已经死了，连自己都分不清楚，而这里就是黄泉。哦，黄泉，黄泉国！这里和我亲爱的家乡——三保海岸是多么相似啊！"

说罢，渔夫仔细打量了一下沙滩，扭头看见了"山中之山"富士山。随后，他转身看见波涛汹涌的深海，便确认这里正是三保海岸，于是长嘘了一口气。

"谢天谢地。"他边说边抬起头，看见了挂在松树枝头的一件羽衣。衣服由各种飞禽的羽毛制成：翠鸟、锦鸡、相思鸟、天鹅、乌鸦、鸬鹚、鸽子、红腹灰雀、猎鹰、啄木鸟和苍鹭。

"啊，好一件毛茸茸的漂亮衣服！"渔夫说着，便把衣服从松树枝上取了下来。

"哦，这衣服多温暖、多可爱、多精美啊！"渔夫说，"我要把它当作宝贝带回家。这一定是千金难买的东西，我要把它展示给全村人看。"于是，他把羽衣搭在胳膊上，动身回家了。

此时，奇异族的姑娘一直在和住在咸海里的白浪娃玩耍。她透过冰冷干净的海水，发现自己挂在松树枝上的衣服不见了。

"天哪，天哪！"她大喊道，"我的衣服，我的羽衣！"她比飞箭还快地从水中一跃而起，沿着潮湿的沙滩向前疾奔。白浪娃紧随其后。姑娘披着长发，赶到了渔夫面前。

"把我的羽衣还给我。"她一边说，一边伸手去拿。

"为什么？"渔夫说。

"这是我的衣服。把它还给我，必须还给我。"

"哦，"渔夫说，"谁找到的就归谁。"他没把羽衣还给她。

"我是个仙女。"她说。

"再见，仙女。"渔夫说。

"我是月亮仙子。"她说。

"再见，月亮仙子。"渔夫说完，沿着三保海岸继续往前走。姑娘见状就要抓走羽衣，但渔夫紧紧地抓着衣服。羽毛四处飞散，落在沙地上。

"我可不会给你。"渔夫说，"你这样会把衣服撕烂的。"

"我是个月亮仙子，一早来到三保海岸上玩耍。没有了羽衣，我就不能回到天界的家中了。因此，请把羽衣还给我吧。"

"不。"渔夫说。

"哦，渔夫，渔夫，把衣服还给我吧。"

"绝对不可能。"渔夫说。

听到这句话，姑娘跪倒在地，好像一朵被灼日晒蔫的百合。她用双臂抱着渔夫的膝部，凑到他身边哀求他。此时，渔夫感觉到她的泪水滴在了他光着的脚上。

她边哭边说：

> "我是一只鸟，一只脆弱的鸟，
> 我受了伤，双翼都折断了。
> 若是离家太远，我就会死去，
> 因为五瘟神正在找我。
> 我发中的红花都枯萎了；
> 我的衣袍肮脏不堪；
> 我的身体十分虚弱；

我什么都看不见——别了，眼前的美景；

我已失去了快乐。

哦，飘浮的祥云，幸福的鸟儿，

风中的金色尘埃，

还有飘散的思绪和祈祷！

我已快乐全无。"


"哦，别说了。"渔夫说，"你把衣服拿走吧。"

"给我吧。"她哭喊道。

"轻点，轻点，"渔夫说，"动作别太快了。如果你能为我在三保海岸上跳一支舞，我就把衣袍还给你。"

"你让我跳什么舞呢？"她问。

"你得跳那支让月亮变圆的神秘舞蹈。"

她说："把我的羽衣给我，我就跳舞。没有羽衣，我是跳不了舞的。"

"如果你骗我怎么办？如果你不遵守诺言，一下飞到月宫去了，不给我跳舞怎么办？"

"啊，渔夫，"她说，"我以仙女的名义保证！"

于是，他把羽衣给了她。

此时，仙女做好了准备，把头发甩到身后，开始在黄灿灿的沙滩上起舞，美丽的双足在羽衣下时隐时现。她收拢羽翼，轻柔而舒缓地唱起这首歌：


"哦，月亮上的金山银山，

天界中的甜美鸣禽！

它们在桂树枝间歌唱，

取悦那里的三十位王。

身穿白袍的十五位王，

统治了十五天；

身穿黑袍的十五位王，

统治了十五天。

我听见天界的乐音；

走了，走了，我将飞向仙境。"


舞毕，仙女张开色彩斑斓的翅膀，拍打出一阵阵风，吹动了发中的红色花朵。羽衣飘动着，明亮又艳丽。

仙女笑起来，双脚踏过海中的波涛和岸上的绿草鲜花，又踏过松树高耸的枝杈和洁白的云朵。

"再见，渔夫！"仙女大喊了一声。渔夫再也没看到过她。

他久久地望着天空。终于，他弯下腰，从岸边拾起了一小片灰鸽羽毛，用手指顺了顺羽毛，藏在了腰带间。

而后，他就回家了。

# 浦岛君

浦岛是濑户内海边的一个渔夫。

他每天晚上都要出海，捕捉大小各种鱼类，在海上度过一个个漫漫长夜，以此谋生。

有一个夜晚，月色皎洁，海面上风平浪静。浦岛跪在他的小船里，右手伸进绿色的海水中，身体前倾，直到头发浸到海浪里，而不在意小船漂向何方，把捕鱼的事也忘到了脑后。他就这样顺水而流，一直漂到一个奇异的地方。月光让他心神恍惚，半梦半醒。

这时，深海之女浮上海面，轻轻挽起渔夫的手臂，拉着他一起向下沉，再向下沉，直到沉入她居住的冰冷海洞。她让他躺到沙质河床上，然后长久地凝视着他。她对他施展大海的魔法，为他唱起海洋的歌曲，还目不转睛地看着他的眼睛。

他问："你是谁，小姐？"

她说："我是深海之女。"

"请让我回家吧。"他说，"我的孩子还在等我，他们都该乏了。"

"不，你留在我身边吧。"她说，

"浦岛君，

濑户内海的渔人，

你多么英俊，

长发缠绕我心上；

　　留在我身边吧，

　　忘却你的家乡。"


"啊，不行。"渔夫说，"放我走，看在众神的分儿上……我想要回自己的家。"

可她又说：


　　"浦岛君，

　　濑户内海的渔人，

　　我愿用珍珠镶嵌卧榻；

　　我愿将卧榻铺满海藻海葵；

　　你将成为深海之王，

　　与我一起统治海洋。"

"让我回家吧。"浦岛说，"我的孩子还在等我，他们都该乏了。"

但她说：


　　"浦岛君，

　　濑户内海的渔人，

　　不要惧怕深海的风暴；

　　我们用石头将洞门挡好；

　　也不要害怕溺亡，

　　你将会获得永生。"

"啊，不行。"渔人说，"放我走，看在众神的分儿上——我想要回自己的家。"

"今夜留在我身边。"

"不，一晚也不行。"

深海之女哭了起来，浦岛看到了她的泪水。

"我今晚留下陪你一晚吧。"他答应了。

第二天一早，她把他带到海边的沙滩上。

"快到你家了吗？"她问。

他告诉她："近在咫尺了。"

"拿着这个，"她说，"好让你想起我。"她递给他一个用珍珠母制成的匣子，上面有斑斓的条纹，锁扣是用珊瑚和翡翠制成的。

"别打开它。"她说，"噢，渔人，千万别打开。"深海之女说完，就沉入海中消失了。

浦岛君便跑回他日思夜想的松树下的家，一边跑一边忍不住开心地笑起来，把匣子高高抛向天空。

"啊！"他说，"闻闻这松树清新的香气！"他模仿海鸥的叫声呼唤孩子，这是他教过孩子们的独特呼唤方式，却没人回应。他很疑惑："难道他们还在睡觉？真奇怪。"

可是，当他走到屋子前，却发现这里已是残垣断壁，爬满青苔。门槛上长满了龙葵，灶台中满是枯死的百合、石竹和蹄盖蕨。屋内一片死气沉沉。

"发生什么了？"浦岛君大惊，"我产生幻觉了吗？我把眼珠子丢在深海里了吗？"

他坐在覆满青苔的地上，陷入沉思。"亲爱的众神帮帮我！"他说，"我的妻子去哪儿了？我的孩子去哪儿了？"

他走到村子里。他对村里的石子路再熟悉不过了，他熟悉这里的一砖一瓦、一屋一檐。他在这里看到了一些村民，他们都行色匆匆，忙于自己的生计，可每一张面孔对他来说都很陌生。

"早安，"他们说，"早安，远方的来客。您要在我们镇上住下来吗？"

他看见一群孩子在那里玩耍，伸手挨个儿托起他们的下巴，端详他们的脸。唉！都不是他的孩子。

"我的孩子都去哪儿了呢？"他说，"慈悲的观音菩萨啊，也许神明知道发生了什么，可我却想不通。"

日落西山，他心情沉重地走到村子的岔路口，茫然地站在那里。只要有人经过，他就赶忙抓住过路人的袖子。

"朋友，"他说，"打扰了，您可曾听说过这地方住着一个渔人，名叫浦岛？"

过路人总是回答说："我们从没听说过。"

一群农夫从山上下来。有些人徒步，有些人骑马。他们一边赶路一边唱着山歌，背着一篮篮野草莓和一束束野百合，百合花随着他们走路的步伐频频点头。路过的香客一身素服，带着法杖和草帽，穿着草鞋，背着水葫芦，走得或疾或缓，默想神圣之事。路过的大老爷和阔太太华冠丽服，坐着镀金的轿子。夜幕降临了。

"我已经不抱希望了。"浦岛说。

就在这时，走来了一个耄耋老者。

"哦，老人家，"浦岛急忙喊道，"您见多识广，应该听说过浦岛吧？这地方是他的家乡。"

老人说："我记得有这么个名字，不过，他早在很多年前就淹死了。我小的时候，我爷爷依稀记得他。外乡人啊，那可是很多很多年前的事了。”

浦岛大吃一惊："他死了？"

"这还有假，他的儿子们也死了，连他的孙子都死了。晚安，远方的客人。"

浦岛吓了一跳，说道："我一定得去安葬死者的绿谷瞧瞧。"说完，他便向山谷出发了。

他惊道："刮过草地的寒风真是凛冽啊！树木在风中瑟瑟发抖，叶子都凋零了。"

他叹道："高悬在墓地上的月亮透着悲凉。今夜的月亮倒和当年没什么两样。"

他悲道："这里是我儿孙们的坟墓。可怜的浦岛，原来我早就死了，只是一个茫茫荒野中的孤魂……"

"谁能解我悲苦？"浦岛喊道。

万籁俱寂，只有冷夜寒风为他悲叹。

他回到了海边。"谁能解我悲苦？"浦岛大喊。

天地岿然不动，唯有沧海翻波。

浦岛突然想起来："那个匣子。"他从袖子里掏出匣子，将其打开。只见从中飘出一缕白烟，随即在风中飘散，消失在遥远的天边。

"我感觉好疲惫。"浦岛说。突然间，他的头发变得雪白，浑身打战，身子伛偻着，眼睛也变得黯淡无光。曾经年轻、朝气蓬勃的他变得老态龙钟。

"我老了。"浦岛明白过来。

他挣扎着想盖上匣子的盖子，却力不从心地把它掉落在地。他叹道："罢了，一切都是过眼烟云。又何妨呢？"

随后，他躺倒了，长眠在沙滩上。

# 冰夫人

从前，一位老人和一位年轻人结伴离开村庄，启程前往远方。如今，他们远行的目的早已被人们忘了，也许是为了寻找乐趣，也许是为了谋求财富利益，又也许是出于爱情、迫于战争或是完成内心的大小誓言。不过，可以肯定的是，他们这次出门似乎已完成了夙愿，因为两人在冬天来临时就动身回家了。但是，冬天对于赶路的人来说是个糟糕的季节，天晓得他们为何要这么做。

他们在途中似乎迷了路，身处荒僻乡间，游走了一整天，也没遇见一个指路的好心人。日落时分，他们来到一条宽阔湍急的河边。河上没有桥，岸边也没有浅滩和渡船。夜幕降临，乌云密布，凛冽的寒风吹动着干枯稀疏的芦苇。不一会儿，雪花飘了下来，落在漆黑的河面上。

"多白的雪啊！多白啊！"年轻人喊道。

但老人却冻得直哆嗦。那天的确挺冷，他们的处境也非常糟糕。老人累坏了，就一屁股坐在地上，拽紧衣服，双臂紧抱膝盖。年轻人一边搓着手取暖，一边往河岸上游走，最后发现了一间破败的小屋，不知是被烧炭工还是摆渡人遗弃的。

"虽然很破旧，但还算不错了。"年轻人说，"还是要感谢老天让我们在今晚有了个庇护之地。"于是，他带着老人一起走向小屋。他们既没有吃的，也没法生火，但角落里有一堆干枯的叶子。他们躺了下来，把蓑衣盖在身上。尽管天气寒冷，他们还是很快就睡着了。

半夜，年轻人感到脸上一阵凉意，醒了过来。他透过被风吹开的屋门，看见外面飘扬着打旋的暴雪。天还不算太黑。"真是股妖风啊！"年轻人说，"不仅吹开了大门，还把雪带进屋来，盖住了我的脚。"他用手肘支撑着爬起来，竟看见小屋里有个女人。

她正跪在他的同伴，那位老人身边，俯着身子。两人的脸都快贴在一起了。她的脸蛋白皙美丽，洁白的衣袍拖曳在地，发间落满了白雪。她伸手抓着熟睡中的老人，指尖悬挂着明亮的冰柱。她双唇微张，一呼一吸间，生成了一团团清晰可见的白烟。此时，她慢慢地从老人身边站了起来，看上去身材高挑苗条。她走动时，雪花如阵雨般落在她的身上。

"这可真简单。"她嘀咕着，走到年轻人身边，弯腰握住他的手。
112 年轻人本就不暖和，这下更觉得凉意飕飕，从头到脚都麻木了。他感到自己的血液要凝结了，心脏都变成了一块冰，堵在胸口。一阵致命的睡意涌了上来。

"莫非是我大限到了？"他想，"一切就这样结束了吗？感谢老天，我倒是一点痛苦都没有。"但就在这时，冰夫人开口了。

"这只是个男孩，"她说，"一个漂亮的男孩。"她一边说，一边抚摩着他的头发，"我可不能杀了他。"

"听好了。"她对年轻人说。年轻人呻吟了一声。

"你不得向任何人提起我，也不得提起这一晚的事。"她说，"别告诉你的父亲、母亲、哥哥、姐姐、未婚妻或妻子、女儿和儿子，也别告诉太阳、月亮、水、火、风、雨和雪。你现在就要发誓。"

他便开始发誓："火——风——雨——雪……"他嗫嚅着，陷入了深深的昏迷中。

当他醒来时，已是正午时分，暖阳照耀。一位善良的乡下人怀抱着他，喂他喝下一杯热饮。

"孩子，"乡下人说，"现在你该好些了吧。我在路上丢了三厘钱，天晓得怎么回事，竟来到了这间小屋。不过谢天谢地，我算是及时赶到了。你可得感谢老天爷和你这副年轻硬朗的身子骨。至于你的同伴，那个善良的老人，可就和你天差地别了。我来不及帮他了，他已经走上了黄泉路。"

"哎呀！"年轻人喊道，"哎呀，都是因为这场大雪和风暴！都是因为这严寒的夜晚！我的朋友死了。"

但他没再多说什么，也没回到自己只需走一天路就能回去的村庄。他记得自己的誓言。冰夫人的话语犹在耳畔：

"你不得向任何人提起我。别告诉你的父亲、母亲、哥哥、姐姐、未婚妻或妻子、女儿和儿子，也别告诉太阳、月亮、水、火、风、雨和雪……"

数年后，在一个草木葱茏的夏日里，年轻人碰巧只身前往异乡。夕阳西下，当他准备回家时，看到前方不远处有个姑娘正走在小路上，似乎和自己还隔着一段距离。她穿着打褶的衣袍，脚上绑着草鞋，还带着一个包裹，疲惫地拖着步子，看上去无精打采的。年轻人不一会儿就追上前去，还没向她打招呼，就一下发现她是个年轻、漂亮又苗条的姑娘。

"小姑娘，"年轻人问，"你要去哪里啊？"

她答道："先生，我要去江户工作。我有个姐姐在那里，可以为我谋个事做。"

"敢问姑娘芳名？"他问。

"我叫阿雪。"

"阿雪，"年轻人说，"你看起来很虚弱。"

"哎呀！先生，"她低语道，"我快被这夏天的热气烤晕了。"她站在小路上，消瘦的身子摇摇晃晃，最后晕倒在地。

年轻人轻轻扶起她，挽着她的胳膊走到他母亲的屋子里。她把头靠在他的胸前。当年轻人望着她的脸庞时，不禁微微颤抖起来。

"不过，"他自言自语道，"我觉得，在这样的夏日里，傍晚太阳一落山后，天就凉快多了。"

阿雪苏醒后，向年轻人和他母亲道了谢，但由于无力继续旅程，便在他家又住了一宿。其实，她后来又在年轻人家住了好几个晚上，再也没去江户，因为年轻人渐渐爱上了她。几个月后，他就和姑娘结为夫妻了。日复一日，阿雪长得越来越动人，美丽又白皙。虽然总是干着家务事和农活，一双纤纤玉手却依然像一朵茉莉花一样洁白，烈日也无法晒黑她的脖颈和白净精致的脸颊。正值青春年华时，她和年轻人生了七个孩子，每个孩子都和她一般漂亮。他们长得又高又壮，四肢笔直修长，胜于同村的其他孩子。母亲很爱他们，天天紧跟在身后，为他们操劳。尽管岁月变迁，做母亲有苦有乐，但她看上去还像是个瘦削的少女，额头上没有抬头纹，目光毫不黯淡，头上也没生出一根灰发。

所有女人都对此感到惊奇，不知疲倦地反复议论着他们。阿雪的丈夫因为他那美丽的妻儿，成了方圆几里最幸福的男人。他从早到晚一边祈祷一边说："老天爷可别因为我太幸福而来找我麻烦啊。"

在一个冬夜里，阿雪把孩子带上床，为他们盖好暖和的被子，然后走进了隔壁房间。丈夫正在房间里，火盆里烧着木炭，屋门紧闭。屋外，暴风雪带来的第一片雪花已经落下。阿雪专心地缝着色泽鲜艳的小衣服。一盏灯放在她身边的地板上，照亮了她的脸庞。

丈夫看着她，陷入了沉思……

"亲爱的，"他说，"我今晚看见你时，想起了多年以前我的一段经历。"

阿雪没有说话，只是认真地缝着衣服。

"我说不清这到底是一段历险，还是一个梦境。"丈夫说，"很奇怪的是，这也许是个梦，但我并没有睡着。"

阿雪继续缝着衣服。

"那时，我看见了一个女子，和你一般美丽白皙……她长得的确很像你。"

"跟我聊聊她吧。"阿雪说，眼睛都没有抬起来，还在盯着手中的活。

"为什么呢？"男人说，"我可从来没跟任何人提起过她。"不过，他还是聊起了那段经历——由此埋下了祸根。他谈起那段旅程，提到了自己和同伴在暴风雪中赶路，又到了一间小屋中过夜。他还提到了白皙的冰夫人，还有他的同伴死在她冰冷怀抱中的故事。

"随后，她来到了我的身边，俯身对我说：'这只是个男孩……一个漂亮的男孩……我不能杀了他。'天哪！她是多么冰冷啊……多么冰冷啊……后来，她就让我发誓，她离开前让我发誓……"

"你不得向任何人提起我，也不得提起这一晚的事。"阿雪说，"别告诉你的父亲、母亲、哥哥、姐姐、未婚妻或妻子、女儿和儿子，也别告诉太阳、月亮、水、火、风、雨和雪……这些都是你向我，向我发过的誓啊，我的丈夫！这么多年了，你还是打破了誓言。你这无良、不忠且虚伪的人！"她把缝好的衣服叠在一起，放在一旁。随后走入孩子的房间里，俯下身子，轮流贴在他们的脸蛋上。

年纪最大的孩子低声说："好冷啊……好冷啊……"然后把被子

拉过了肩头。

最小的孩子哭喊道："妈妈……"然后伸出了小胳膊。

她说："我已经冷酷到无法流泪了。"

说完，她回到了丈夫的房间。"别了，"她说，"看在我年幼孩子的分儿上，我饶你一命。好好照顾他们。"

男人抬眼看着她。她的脸蛋白皙美丽，洁白的衣袍拖曳在地，发间落满了白雪。她双唇微张，一呼一吸间，生成了一团团清晰可见的白烟。

"别了！别了！"她喊道，声音渐渐微弱，凄厉得如同冬日凛冽的寒风。她的身影开始变得模糊，好似一个白雪形成的圆环，又似一团洁白的云雾。不一会儿，这团影子就悬到了半空中，缓缓地穿过屋顶的烟囱，往上飞升，直到消失不见。

# 牡　丹

　　甜美的姑娘安益是近江国一位大名的独女。她没有母亲，父亲既是一位尊贵的大人，又是一名武士。他或是身居幕府，或是在朝廷处理重大事务，抑或是随军队到处征战歼敌。安益很少见到他。

　　多年来，她和乳母、侍女一起住在父亲的城堡中。城堡外高墙耸立，警卫森严。墙外有一条深深的护城河，每到七月，河面上便会开满玫瑰色的荷花。

　　安益小姐十六岁时，她的大名父亲在一场突袭中取胜，回到家中，她和侍女都前往大门口迎接。安益穿上了最英姿飒爽的衣服，格外出挑。

　　"我的父亲大人，"她说，"您能凯旋，真是太好了。"

　　"孩子，看你长得多大啦！"父亲诧异地说，"安益，你几岁了？"

　　"十六岁，父亲大人。"她说。

　　"天哪，你已变成年轻貌美的小姐了。我还以为你是个孩子，竟买了个娃娃当作礼物回来送你。"

　　他大笑着，但不一会儿又严肃起来，沉思着走入城堡。

　　不久之后，他便开始四下寻找，想为女儿物色一个合适的丈夫。

　　"最好现在就把这事办成了。"他说，"说来奇怪，我现在竟和国内每位大名都能和睦相处——不过，这不会持久。"

　　播磨国的阿古大人有三个高大的儿子，年轻英俊，都是武士。

"大儿子年纪太大了。"近江国的大名说，"小儿子还是个小男孩——要不看看年纪适中的那个儿子？他看上去还挺不错的。人们不都说'三思而后行最为上策'嘛。"

待两家来往通信之后，安益就与阿古大人的儿子订婚了。乡间的男男女女都很欣喜，一刻不停地打量着这对准新人。

当安益看见一件件从新郎家搬出的彩礼时，心中甚是高兴。她和城堡中的女裁缝坐在一起，摸着上等新衣的柔软填料。在其余时间里，她或是整天和侍女嬉戏玩耍，或是拿着绣花盘，穿针引线。时值五月，她们总会到庭园的走廊里透透气。安益和侍女在一起欢笑着，有时会聊起阿古大人的儿子是多么英勇俊美，他不仅精通艺术和作战，还很富有。夜幕降临时，她们沿长廊拾级而下，步入庭园中，手牵着手四处散步，享受凉爽的空气和甜美的花香。

一天夜里，安益小姐像往常一样走入庭园。一轮圆月升起，月华如银。

"唉！"一位侍女叹息道，"看这月亮好似失恋女子，苍白黯淡，此刻甚至用云朵做的长袖子遮住了眼睛。"

"没错。"安益回答，"这月亮的确像失恋女子，但你可曾见过她那比她悲伤、更美丽的孱弱妹妹？"

"谁是月亮的妹妹啊？"侍女立马齐声问道。

安益说："过来看看吧——过来吧。"

说罢，她带她们沿着庭园中的小径走到安静的池塘边，那里萤火虫在翩翩起舞，青蛙在歌唱。侍女手牵着手，望向水中，个个都看见了月亮的"妹妹"，便都轻声笑了起来。正当她们在水边嬉闹时，安益踩到了一块光滑的石头，脚下一个踉跄，眼看着就要跌入池塘。说时迟，那时快，一个年轻人从神秘美好的夜色中大步冲了过来，伸出双臂抱住了她。那一刻，所有侍女都看见了他闪闪发光的衣袍。随后，年轻人就离开了。安益独自一人站着，浑身颤抖。月亮俯瞰着人间，既吃惊，又感伤；月亮虚弱的"妹妹"望向空中，更为悲伤，却透着甜美。在月亮眼中，一队沉默的少女正站在池塘边盛开的野牡丹花丛中。当时十分喜爱并吩咐人们种上这丛牡丹的，正是安益小姐。

这时，安益小姐一言不发地转过身去，低垂着头，沿着庭园中的小径慢慢前行。回到庭园长廊后，她只在身边留下了一个侍女，便默默走入了她的闺房。

她在那里坐了很久，一句话都不说，用指尖滑过衣袍上的图案。她的侍女佐田站在她身旁。

最后，安益说："那位大人真好。"

"没错，小姐。"

"他很年轻。"

"他经过时真是让人心动。"

"唉！他救了我的命，但我却没机会感谢他。"

"月光在他镶着宝石的刀刃上闪闪发光。"

"而且他的衣袍上绣着牡丹花——我的牡丹花。"

"小姐，时辰已经不早了。"

"好，那就帮我更衣吧。"

"小姐，你看起来面色苍白。"

"受了些小惊吓，我的确是累了。"

"小姐，不知阿古大人的儿子怎么样了？"

"他怎么样了？为什么这么问，我没见过他。好了，别再聊他了。唉！我好困，都不知道自己在说些什么了。"

那夜过后，曾经清新可人、活泼如海浪的安益小姐陷入了淡淡的忧郁之中。她白天叹气，晚上流泪，看见华丽的结婚新衣时不再欢笑了，也不再和侍女在庭园长廊里玩乐了。她有时像个影子一样游荡，有时一言不发地躺在闺房里。乡间所有的术士神婆都不能治好她的病。

于是，侍女佐田一边用袖子掩面哭泣，一边赶到大名面前，把那段月光下的奇遇，以及在牡丹花丛中遇见俊朗青年的事情告诉了他。

"哎呀，"她说，"我亲爱的小姐爱上了这个英俊的男青年，都要为他献出生命了。"

"孩子，"大名说，"看你在说些什么！我女儿的庭园外有围墙环绕，卫兵把守，任何一个陌生人都不可能进去。这个关于月亮和穿着牡丹外衣的武士的故事，还有其他胡言乱语到底是怎么回事？这样的故事传到阿古大人的耳朵里怎么办？"

但佐田边哭边说："我的小姐快要没命了。"

"沙场征战、宫廷献媚和朝野谏言，这些都很简单。"大名说，"但要我不操心家中女儿的情事，这对我来说真是太难了。"

于是，他发动人马，把城堡内外找了个遍，却没找到一个藏匿的外人。

那天夜里，安益小姐特别想去室外乘凉。于是，她们搀扶着安益来到庭园长廊，让她躺在佐田怀中。为抚慰安益，宫中一位游吟歌者拿起琵琶，作了一支小曲：

> "琵琶音落——
> 安生矣，方有死，
> 是为妄语或真言？
> 焉知仙气

何往兮？
琵琶音息。

夜来甜香——
飘飘然，
似如梦，
是为亡灵思绪乎？
夜来甜香
撩人心。"

正当游吟歌者弹琴歌唱时，一位英俊的年轻人从池畔玫瑰色的牡丹花丛中站了起来。大伙儿都清楚地看见了他的明眸、他的宝剑和他的绣花外衣。安益小姐大喊了一声，跑到庭园长廊边，伸出了洁白的双臂。而眼前的景象稍纵即逝。但游吟歌者又拿起琵琶，唱起歌来：

121

"死亡岂有爱怪哉——
是否悠长赛人生？
是否灼热胜争吵？
坚定而盲目，
超越种族——
爱比生死更奇妙。"

听到这支歌，花丛中的神秘武士再次站直了身。他身材高大，双眼明亮，凝视着安益。

见状，大名手下一位英勇的武士立刻抽出刀来，跳入牡丹花丛中，与这位胆敢盯着大名之女的陌生人打斗起来。此时，一朵白云似是被仙子牵动着，遮住了月亮。突然，一股巨大的热风从南面吹来。庭园长廊上的灯被吹灭了，侍女长长的薄纱袖子在风中翻飞，让她们不得不拉紧外衣。牡丹花丛随风摇曳，好似翻涌的海浪，粉白相间的花瓣如海中泡沫般飞舞着。风中裹挟着一股潮湿、甜腻的雾气，让在场的人全都头昏脑涨，互相搀扶，全身颤抖着。

众人清醒后，发现仍是夜晚，月色黯淡。大名手下的武士听见庭园长廊传来脚步声，便站了起来，喘着粗气，面如纸色。他右手拿着闪亮的宝剑，左手拿着一枝艳丽的牡丹花。

"我抓到他了，"武士大喊，"他逃不出我的手掌心了。我已经牢牢地抓住他了。"

安益说："把花给我。"武士便一言不发地把花给了她，像是在做梦似的。

随后安益走回闺房，把花朵放在胸前，心满意足地安睡了一夜。

她把花儿存放了九天。花朵甜香扑鼻，光彩夺目。安益的病完全消退了。

牡丹被她插在一个铜花瓶中，既不打蔫，也不凋零，整整九天，竟开得越发茁壮美丽。

九日之后，阿古大人的儿子身穿盛装，骑马前来迎娶订婚已久的新娘。他和安益小姐在宴飨和欢愉中结婚了。但是，人们都说她是个虚弱的新娘。在她结婚当天，牡丹凋零了，被丢弃在了一旁。

# 镜 子

　　很久以前，在京都城郊，住着一位绅士。他思维简单，处事单纯，却有一大笔地产。他的妻子已去世多年，这个品行端正的男人守着独子过着颇为安静、平和的生活，向来与世无争，心无烦恼，从不与女性来往。他们在家中聘用的都是忠心耿耿的男仆，一天到晚从不看女人的袖子和红腰带。

　　日子一天天过去，他们生活得很开心。父子俩有时在稻田里劳作，有时去河边垂钓。春天里，他们欣赏樱花、梅花，而后随季节更迭，观赏鸢尾、牡丹或芙蕖。赏花时，父子俩戴着蓝白相间的手拭，小酌清酒，尽情享受，逍遥自在，常常到掌灯之时才回家。他们穿着老旧的衣服，一日三餐无定时。

　　很可惜，快乐的时光稍纵即逝！如今，父亲感到自己日渐衰老了。

　　一天晚上，父亲一边坐着抽烟，一边把手放在炭火上取暖。他说："孩子，你是时候该结婚了。"

　　"现在说此事万万不可！"年轻人大喊起来，"父亲，你怎么会说出这样可怕的话来？你是在开玩笑吗？你一定是在开玩笑。"他说。

　　"我可没在开玩笑。"父亲说，"这是我的真心话。你不久后就会明白的。"

　　"但是，父亲，我很害怕女人。"

"我不也一样吗？"父亲说，"我很理解你，儿子。"

"那我为何一定要结婚呢？"儿子说。

"人有生老病死，我就要不久于人世了。你需要一位妻子来照顾你。"

年轻人心地柔软，听到这话，泪水在眼眶中打起了转。但他答道："我可以很好地照顾好自己。"

"这正是你做不到的事啊！"父亲说。

最终，父亲还是为儿子找了一位妻子。那姑娘十分年轻，美如画中人，名为穗子。

他们在喝过交杯酒后，便结为了夫妻。两人站在一起时，年轻人使劲盯着姑娘看，怎么都不知道该和姑娘说些什么。他拽住她的一小截袖子，放在手心中，还是一句话都说不出来，看上去傻傻的。姑娘的脸红了一遍又一遍，终于忍不住哭出声来。

"亲爱的穗子，看在老天的分儿上，你可别哭啊。"年轻人说。

"我在想，你是不是不喜欢我？"姑娘啜泣着说，"你是不是觉得我不够漂亮？"

"亲爱的，"他说，"你比田里的豌豆花还要美丽，比农场里的小矮脚鸡还要可爱，比池塘里的红鲤鱼更为明艳。我希望你能与我们父子俩相处愉快。"

听到这些话，她微笑着擦干了眼泪。"你换一件袴吧。"她说，"把你身上穿的这件袴给我，上面破了个大洞——我在婚礼上就一直看着这个破洞！"

这样看来，开头还不算糟。总的来说，他们相处得不错。但是，事情远没有那么简单。在以前的安乐日子里，年轻人和他的父亲从来都不会关注女人的袖子或是腰带。现在可不是这样了。

不久之后，老父亲寿终正寝了。据说，他离世时很安详，还留下了一大箱遗产，他的儿子变成了乡间最富有的男人。但这也没法安慰可怜的年轻人，他一心悼念父亲，终日扫墓，很少睡觉休息，也不怎么顾及妻子的想法。穗子夫人把美味佳肴端到他面前，也引不起他的食欲。年轻人日渐消瘦，面色苍白，而可怜的妻子就算绞尽脑汁也不知该如何帮他。最后，她提议："亲爱的，你去京都住一阵子怎么样？"

"我为什么要去那里？"他说。

她本想回答"去让自己享受享受"，但话到嘴边又停住了。她说不出口。

"哦，"她说，"去京都已经成为一种责任。据说，每个爱国的人都应该去京都看看；更何况，你也该留意一下时髦的东西，好在你回来的时候也能告诉我那些时髦东西到底是什么样的。多可悲，我用的东西都特别落伍！我很想知道现在的人都穿些什么样的衣服！"

125

"我可没心情去京都。"年轻人说，"现在正是插秧的时候，如果我去了，好多活儿就没法干了。等忙完了再去吧。"

话虽如此，两天之后，他却吩咐妻子拿出他最体面的袴和羽织，又让她备好旅途中的便当。"我打算去京都了。"他对她说。

"好呀，我可真没想到。"穗子夫人说，"不知当不当问，你为何又生出这个念头了？"

"我也一直在想，去京都是一种责任。"年轻人说。

"是啊，的确如此。"穗子夫人应了一句，便不再言语，但心头仍有些不解。次日清晨，她为丈夫整理好去京都的行装，便送他早早出发了。随后，她又把手头上一些打扫房间的活儿干完了。

年轻人上路后，感到神清气爽，不久便到了京都，他看见了很多令他惊叹不已的事物。他出入于庙宇宫殿之间，流连在城楼庭园之中，徘徊在商店林立的精致街道上。淳朴老实的年轻人观察着周边的一切，禁不住啧啧称奇，目瞪口呆。

最后，在一个晴朗的日子里，他走入了一家商店。店内摆满了金属制的镜子，在阳光下熠熠生辉。

"哦，多像美丽的银月亮啊！"单纯的年轻人自言自语。他走上前去，伸手拿了一块镜子。

但下一分钟，他竟变得面如纸色，跌坐在商店门口的椅子上，手中拿着镜子，眼睛还在往里面看。

"为什么？"他说，"父亲，你怎么会到这里来？你是不是没有死？现在真得感谢老天了！不过我早就该感谢——但无论怎样，你活过来了，一切都还好好的。你看上去有点虚弱，不过挺年轻的。父亲，你在动嘴唇，好像要说话，但我听不见。亲爱的父亲，你是不是要和我回家，像以前那样和我们生活在一起呢？你笑了，你笑了，这样真好。"

"这位年轻的公子啊，这些都是很棒的镜子，"店主说，"做工相当上乘，而这把镜子是最精美的。我看你的眼光真不错。"

年轻人紧紧握住镜子，坐在那儿傻乎乎地盯着镜子看，浑身颤抖。他轻声问："这把镜子你卖吗？多少钱？"他已入了迷，生怕父亲被抢走。

"尊敬的先生，这把镜子的确卖的。"店主说，"不贵，只要两元。你知道，这几乎算是白送给你了。"

"两元，只要两元！真要感谢老天让我碰上这么好的店家啊！"快乐的年轻人大喊着，笑得嘴巴咧到了耳朵根。他从腰带里取出钱包，只消一眨眼的工夫便把钱掏了出来。

现在，倒是轮到店主后悔自己怎么没把价开到三元甚至是五元。不过，他还是微笑着把镜子装入一个精致的白盒子，又系上了绿绳。

年轻人拿着镜子离开后说："父亲，在回家之前，我们必须为家中那位年轻姑娘买些花哨的饰品。你知道，她是我的妻子。"

等年轻人回家后，却对穗子夫人只字不提自己在京都的商店里花了两元钱把老父亲买回来的事情。年轻人也说不清自己为什么不提这件事。结果，这就埋下了祸根。

妻子戴着珊瑚发钗，穿着从京都买回来的精美的新腰带，很是漂亮。"看到他状态不错，心情开朗，我也很高兴。"她自言自语道，"但我不得不说，他走出悲伤的速度还是很快的。男人真像孩子一样。"但她不知道，丈夫从她的首饰盒里拿走了一小块绿绸布，铺在了壁龛的柜子里，又把装着镜子的白木盒子放在里面。

每到清晨或深夜，他都会到壁龛的柜子前，和父亲说几句话。他们交谈甚欢，很多时候都一起开怀大笑。这个头脑简单的儿子成为了乡间最快乐的年轻人。

但是，"眼观六路，耳听八方"的穗子夫人，没过多久就发现了丈夫的新行踪。

"他为什么总是去壁龛那里？"她自问道，"我好想知道他在那儿藏着什么东西。"没过多久，她就忍不住去问丈夫了。

善良的年轻人向她吐露了实情。"现在，我亲爱的父亲又回家了。这让我一直很开心。"

"是这样啊。"她答道。

"只花了区区两元。"他说，"是不是很奇怪？"

"确实，很划算。"她答道，"但也有些奇怪。恕我问一句，你为什么一开始不告诉我呢？"

年轻人脸红了。

"亲爱的,我当时的确没告诉你这件事。"他说,"很抱歉,但我也不知道这是为什么。"说完,他就回去继续干活了。

年轻人刚一转身,穗子夫人就跳了起来,飞奔到壁龛前,砰的一下打开了门。

"我的绿绸袖子衬里!"她一下子大喊出来,"可这里只有个白色的木盒,我连老父亲的影子都没看到。他在盒子里放了什么?"

她立马把盒子打了开来。

"真是个奇怪的东西,扁平又闪亮!"她一边说,一边拿起镜子往里看。

过了一会儿,她什么话都没说,漂亮的眼眸却因愤怒和嫉妒而噙满泪水。她的脸蛋从额头红到了下巴。

"一个女人!"她大喊道,"竟是一个女人!这一定就是他的秘密了!他在这个柜子里藏了一个女人,一个非常年轻漂亮的女人——不,她一点儿也不漂亮,只是自认自己很美而已。我断定她是个京都的舞女,脾气糟糕,脸蛋还红扑扑的。哦,看她皱起眉了,真是个卑鄙的小急性子!啊,谁料到他会做出这样的事来?啊,我真是个可怜的姑娘!——我还曾煮萝卜给他吃,还上百次地为他缝补袴。哦!哦!哦!"

说罢,她便把镜子丢入了盒子里,又把柜门重重地关上。她扑倒在叠席上,撕心裂肺地哭喊起来。

丈夫走了进来。

"我把草鞋上的带子弄断了。"他说,"我还去了——这到底是怎么回事?"他立马跪倒在穗子夫人身边,竭力安慰她,扶起她紧贴着地板的脸蛋。

"怎么了，发生了什么事，我亲爱的？"他问。

"谁是你亲爱的！"她一边啜泣着，一边狠狠地回答，"我要回家！"她喊道。

"但是，亲爱的，你现在不正和你的丈夫在家里吗？"

"真是个过分的丈夫！"她说，"做的事也过分，竟然在壁龛里藏了一个女人！一个令人讨厌的丑女人，还自以为很漂亮。不仅如此，她还藏着我的绿袖子衬里。"

"你在说什么女人？什么袖子衬里？你是不是在怨恨可怜的老父亲床头的那块绿色小破布？来吧，亲爱的，我给你买二十个袖子衬里。"

她跳了起来，相当生气地比画着。

"老父亲！老父亲！老父亲！"她尖叫着，"你当我是傻子还是小孩？我亲眼看见了一个女人。"

可怜的年轻人一头雾水。"莫非我的父亲走了？"他一边说，一边走到壁龛前取镜子。

"还好，我花两元买回来的老父亲还在这里。你看起来很忧伤，父亲；别这样，像我这样笑一笑吧。看，这样就好了。"

穗子夫人怒气冲冲地走上前来，一把夺过他手中的镜子。她往里看了一眼，就用力摔到了房间的另一头。镜子撞到木制品上，发出丁零咣啷的声音。仆人和邻居都跑过来看发生了什么事。

"这是我的父亲。"年轻人说，"我花了两元把他从京都买了回来。"

"他在柜子里藏了一个女人。她偷走了我的绿色袖子衬里。"他的妻子啜泣道。

听罢此话，人群骚动了起来。有的邻居袒护丈夫，有的邻居支持妻子。现场的吵闹声不绝于耳，但还是无济于事。没有一个人愿意看镜子，因为他们都说镜子被施了法术。

人群不停地吵嚷，直到其中有人说："我们去问问庵主吧。她是个睿智的女人。"大伙儿也觉得早该去问问了，便一同前去拜访庵主。

庵主是个虔诚的女子，主持着尼姑庵。她精通念经、冥想和修行，还明辨人间事理。人们把镜子递给她。她拿在手上，久久凝视着镜子，最后开口说：

"真是个可怜的女人。"她一边摸着镜子，一边说，"很显然，这镜子里是个女人——这可怜的女人在一座安静的房子里惹了事，心绪混乱，便发了誓，剃了度，成了一个尼姑。这里正是她的安身之处。我会好好看管她，教她念经和冥想。我的孩子们，你们回家吧。原谅她，把这件事忘了吧，请友好相处。"

听罢，所有人都说："庵主真是一个充满智慧的女子。"

庵主把镜子保管了起来。

穗子夫人和丈夫手牵着手回了家。

"你看，最后还是我对。"她说。

"没错没错，亲爱的，"单纯的年轻人说，"那是当然的。但我还在纳闷，老父亲是怎么到尼姑庵里去的呢？他可是从来都不信教的啊。"

# 金梳传奇

古时候，北方的仙台市有两个武士，二人情同手足。

他们一个叫荷沼，一个叫西户。就在荷沼家生了一个女儿的同天同时辰，西户家得了一个儿子。男孩名叫虎乃助，女孩名叫亚以子，意为爱之子。

一年过后，两家给两个满周岁的孩子定了亲。作为定亲信物，西户的妻子给了荷沼的妻子一把金梳子，说："孩子长大后可以用它梳头。"亚以子的母亲便将梳子用手帕裹起来，放入怀中。梳子的做工十分考究，涂满金漆，上面还雕着许多金蜻蜓。

原本百事大吉，可不久后，厄运降临，西户不幸得罪了他的领主，家人也受到牵连，他只得带着妻儿从仙台连夜出逃。一家人从此杳无音信，谁也不知道他们逃到哪儿去了，遭遇如何。荷沼家从此再也没听到过西户家的消息。

亚以子逐渐出落成仙台最美貌的女子。她的秀发比城里哪个姑娘的都长，还是人们见过的最婀娜多姿的舞者。她跳舞时翩如水中浪花，婉若空中浮云，轻似风中竹叶。她有一个小她十一个月的妹妹，名叫菖蒲，是仙台第二美女。菖蒲的肤色不像姐姐那么白皙，而是如蜜色一般。她动作灵活，身姿轻盈，巧笑倩兮。她们两人要是一起走在仙台的街道上，人们就会说："看啊，月亮和南风走过来了。"

在一个无所事事的夏日里，空气凝滞，蝉在石榴树上不停地鸣唱，两个少女坐在母亲卧房中的白色凉席垫上。她们披散着长长的乌发，赤裸着纤足。二人中间放着一个看起来很有年头的朱漆宝盒，那是她们母亲的嫁妆。两人在盒子里翻找宝贝。

"看，姐姐，"菖蒲说，"这儿有几根红绳，正好配我的草鞋……这是什么？一串水晶念珠！天哪！太美了！"

亚以子说："母亲，您能把这段紫罗兰色的丝绸给我吗？给我灰色的新罩袍做内袖很漂亮；还有，母亲，请让我拿深红色的绸缎做衬裙吧，您用不上这块锦缎吧？"

"这腰带真漂亮！"菖蒲喊道，把宽腰带从箱子里拽出来，"草绿和银色的！"她轻轻跃起，把腰带缠绕在她苗条的身上。"来看看全仙台最美的人吧。要是见到这条宽腰带，富商八幡家的千金一定嫉妒得不得了；我呢，却会表现得从容不迫、不以为意，然后谦虚地低下头说：'您说什么呢，尊贵的小姐，我系的这条蠢腰带上不了台面，让您见笑了！'妈妈，妈妈，把宽腰带给我吧！"

"好了！好了！小海贼们！"母亲微笑着说。

亚以子把手伸到箱底。"这儿有一个硬邦邦的东西，"她轻声说，"一个丝帕包着的小盒子。闻起来怎么有鸢尾花和古香料的味道！——会是什么呢？"她一边说着，一边打开了手帕，又打开了首饰盒。"一把金梳子！"她惊叹道，把梳子放到膝盖上。

"拿过来，孩子。"母亲赶忙喊道，"这不是你该看的东西。"

但少女依然静坐着，舍不得将视线从金梳子上移开。梳子上涂着金漆，精美绝伦，点缀着金蜻蜓样式的纹饰。

亚以子久久不语，母亲也一言不发，感到十分不安；就连南风般直率的菖蒲小姐都沉默了，把红绳在手上缠了一圈又一圈。

"母亲，这把金梳子是怎么回事？"亚以子终于问道。

"乖女儿，这是你和虎乃助的定亲信物，他是西户家的儿子，你俩还在摇篮里时就定了娃娃亲。可西户他们家从仙台逃走整整十五年了，他们一家都离开了，至今一点消息也没有。"

"我的爱人死了吗？"亚以子问。

"不，我不知道——但他不会回来了；所以求你别再惦记他了，我可怜的女儿。好了，去拿扇子给我和你妹妹跳一支舞吧。"

亚以子先是把金梳子别在头发上，而后展开扇子开始跳舞。曼妙的舞姿翩如水中浪花，婉若空中浮云，轻似风中竹叶。可没跳一会儿，她就扔下扇子，跌坐到地上放声痛哭起来。自那以后，她整日以泪洗面，夙夜悲叹，就像一个被抛弃的少女害了相思病。她茶饭不思，辗转反侧，生活中再无欢乐。无论太阳东升，还是夜雨绵绵，她都无动于衷。不论她的父亲、她的母亲，还是她妹妹南风小姐，都没法为她排忧解难。

她陷入了深深的绝望。"我无法相信这一切。"她说完这句话，不久就离开了人世。

在给这位可怜的少女下葬时，母亲流着泪走过来看女儿最后一眼。她把金梳子插在女儿的发间，说道：

"我亲爱的孩子，愿你来生寻得幸福。让金梳子随你同去吧；也许你遇到爱人亡魂的时候用得到它。"她以为虎乃助已经死了。

然而，造化弄人，少女死后才短短一个月，勇敢的虎乃助——她的未婚夫，就出现在她父亲面前，求亲来了。

"哀哉！虎乃助，西户之子。唉，勇敢的年轻人，你来得太晚了！你的喜悦马上会转为悲伤，你的新娘如今长眠在茵茵绿草下，她的妹妹在月光下为逝者哭泣。"武士荷沼说。

"大人，"勇敢的年轻人说，"我面前只有三条路：用剑自刎、用腰带上吊或投河自尽。这三条路都通往黄泉。永别了。"

荷沼一把拽住了年轻人。"不要走，西户之子。"他说，"听我说第四条出路，一条更好的出路。黄泉路虽短，却无比漆黑；而且，很少有人能够从那个地方回来。留下来吧，虎乃助，为我养老送终，因为我没有儿子。"

于是，虎乃助搬进了武士荷沼家，住在大门边的花房里。

三个月后的一天，荷沼夫妇和菖蒲很早就起床，穿上出席仪典的盛装，坐上轿子，前往当地的寺庙，又去了他们的祖坟，他们在那里焚香祈祷，祈求长寿。

他们回家的时候已经繁星满天。夜晚寒意袭人，霜冻刺骨。虎乃助照常站在庭园门口，等待他们回家。他裹着斗篷，凝神聆听夜晚的动静。他听到了盲人的哨子声和拐杖敲在石头上的声音，听到了远处孩童的欢笑声，然后，他听见了男人浑厚的劳动号子，在歌声的间隙中夹杂着男人挑在肩头的轿的嘎吱嘎吱声，他便知道："他们回来了。"

> "我去寻找爱人哟，
> 屋檐下有梅树哟；
> 树上花儿盛开哟。
> 晶莹露珠花中流，
> 麻雀拿它作美酒。
> 哪里寻你爱人哟？
> 冷夜寒风吹你走。
> 哪里有路可走哟？
> 世上之路皆可走。"

那是轿夫的哼唱。荷沼大人的轿子最先进入庭园大门，紧接着是他夫人的轿子，最后进来的是南风小姐——菖蒲，她的轿子顶上插着繁花盛开的树枝。

"好好休息，小姐。"虎乃助在她的轿子经过的时候说，却没得到回应。突然，有什么亮晶晶的东西从轿子上掉出来，悄无声息地落在地上。他弯腰拾起，发现是一把女子用的梳子。金漆覆盖，巧夺天工，上有金色蜻蜓作点缀。金梳子握在手中，光滑而温润。他走回花房。子时，年轻的武士放下诗集躺到床上，吹熄了蜡烛。这时他听到外面有人走动。

"谁会深夜来花房呢？"虎乃助疑惑不解。脚步声越来越近，停在他的门口，他听到了敲门声。

"虎乃助！虎乃助！"

"谁啊？"武士问。

"开门吧，开门吧，我好怕。"

"您是谁，为什么害怕？"

"我害怕黑夜。我是荷沼武士的女儿……看在众神的分儿上请让我进去吧。"

虎乃助拨开门闩，打开门，发现一位身材苗条的女子瘫软在门槛上。她长袖遮面，虎乃助看不清她是谁；但她身体摇晃，双肩颤抖，啜泣着。

"请让我进去吧。"她呜咽道，迈入了花房。

虎乃助感到十分疑惑，但还是微笑着问道：

"您是南风小姐——菖蒲吗？"

"正是我。"

"小姐，幸会，幸会。"

"梳子！"她说，"金梳子！"

她边说边扯开面纱，两只小手拉住虎乃助的外袍，默默地看着他的双眼，仿佛要勾走他的魂魄。她动作灵活，身姿轻盈，双目和嘴唇天生带着笑意，为了不让人认出来而穿着奇怪的服装。

"梳子！"她说，"金梳子！"

"在我这儿。"虎乃助说，"松开我的袍子，我给你拿梳子。"

女子扑倒在白色叠席上，哭得梨花带雨。可怜的虎乃助绞着双手，不知所措。

"我该做什么？"他问，"我该做什么？"

最后，他把女了抱在怀里，抚摩她的手安慰她。

"大人，"她像个孩子似的问，"大人，你爱我吗？"

他立刻回答："我爱你胜过一切，南风小姐。"

"大人，"她说，"那么，你会随我走吗？"

他回答："就算黄泉我也随你去。"然后握住了她的手。

他们在寒夜中上路了。二人沿着淙淙溪流，走过鲜花遍野的平原；翻山越岭，穿越松林，走了很远很远。在一片绿色的竹林中，他们盖了一栋小屋住下，度过了一年的美好时光。

阳春三月的一个早晨，虎乃助见到一群人抬着轿子从竹林深处走来。他就问：

"那些人找我们有什么事？"

"大人，"菖蒲说，"他们来接我们回父亲家。"

他喊道："多么愚蠢啊！我们不该回去。"

"但我们必须回去。"女子说。

"那么，你回去吧。"虎乃助说，"至于我，要待在这个让我快乐的地方。"

"啊，大人，"她说，"啊，我亲爱的，难道你不再爱我了吗？谁曾发誓随我走，甚至共赴黄泉的？"

他便遂了她的心愿。他从附近的树上折了一根盛开着鲜花的树枝，插在她的轿子顶上。

树枝迅速生长，轿夫边走边唱，歌声使得轿夫的脚步变得格外轻快。

> "我去寻找爱人哟，
> 屋檐下有梅树哟；
> 树上花儿盛开哟。
> 晶莹露珠花中流，
> 麻雀拿它作美酒。
> 哪里寻你爱人哟？
> 冷夜寒风吹你走。
> 哪里有路可走哟？
> 世上之路皆可走。"

这是轿夫的哼唱。

黄昏时分，他们回到了荷沼武士的家。

"请进吧，我的大人。"南风小姐说，"我在外面等你；如果我父亲对你发怒，你就拿那把金梳子给他看。"她把梳子从发间取下来递给他。他手中的金梳子光滑温润。虎乃助走进家门。

"欢迎，欢迎回家，虎乃助，西户之子！"荷沼高声说，"你的英雄冒险进行得怎么样了？"

"英雄冒险？"虎乃助脸红了。

"一年以前你突然消失了，我们以为你接到了什么命令，或是为了赴什么生死之约。"

"啊，我的大人，"虎乃助说，"我对您和您家人来说是个罪人。"他把自己的行径一五一十地告诉了荷沼。

当他交代完一切后，荷沼说：

"孩子，你在说笑吧，你的笑话说的不是时候。你该知道，我的女儿卧病在床，和死了没什么两样。一整年了，她都没法起身，不能说话也不会笑。她病得很重，没有人能够治好她的病。"

"大人，"虎乃助说，"您的女儿南风小姐正等在您庭园墙外的轿子里，我马上把她叫过来。"

年轻人和武士一起走出去，庭园墙外却没有轿子、没有轿夫，也没有女子。只有一截树枝静静地躺在地上，枝上的花都已经枯萎了。

"她刚才真的在这儿，千真万确！"虎乃助大叫道，"她把梳子给了我——她的金梳子。看，大人，就在这儿。"

"这是什么梳子，虎乃助？你从哪得到它的？它本该插在逝去少女的头上，并与她一起埋在茵茵绿草地下。你从哪得到的殉情的月亮小姐亚以子的梳子？真是不可思议。"

虎乃助吃惊地靠在庭园墙边，说不出话来。一个女子从树林里款款走来。她走路的模样翩如水中浪花，婉若空中浮云，轻似风中竹叶。

"菖蒲，"荷沼武士喊道，"你怎么能下床了？"

年轻男子一言不发，跪倒在庭园墙边。女子走到他身前，弯下腰，秀发和衣衫在他眼前笼上一层阴影，然后他们四目相对。

"大人，"她说，"我是你的爱人——亚以子的灵魂。我万念俱灰地去了黄泉国。阎王爷被我的泪水感动，准许我回到人间，在短暂的一年里，附体到我妹妹的身上。现在时候到了，我必须回去。我会是黄泉国最快乐的亡魂——我认识了你，我的爱人。快抱住我，我要站不住了。"

她边说边向地上倒去，虎乃助将她搂住，让她的头靠在自己胸膛上。他的泪水滴落到她的额头上。

"答应我，"她呢喃着，"你会娶菖蒲为妻。她是我的妹妹，也就是南风小姐。"

"啊，"他哽咽道，"我的姑娘，我的爱人！"

"答应我，答应我。"她说。

他答应了。

过了一会儿，她在他怀里动了动。

"这是什么？"他问。

她的声音好轻，飘过来，仿佛都没有打破沉寂。

"梳子，"她喃喃道，"金梳子。"

虎乃助把梳子插进她的头发。

虎乃助把脸色苍白、奄奄一息的少女抱进荷沼家中，轻放在白色叠席上的丝绸软垫上。三个小时后，少女坐起来，揉了揉惺忪的睡眼。她肤色如蜜糖，动作灵活，身姿轻盈，巧笑倩兮。她的长发顺着玫瑰色的脸颊垂下，没有用发髻或辫子束发。她先怔怔地看着父亲，然后目光移到闺房里的年轻男子的身上。她笑了，面色绯红，用小手遮住自己的脸。

"你好，南风小姐。"虎乃助说。

# 木 槌

曾经有两位农夫兄弟。在播种和收获的季节，他们都辛勤劳作，站在齐膝深的水中插秧，无数次地起身弯腰。烈日当空时，他们挥动镰刀；暴雨如注时，他们裹紧蓑衣，掘土干活。只有汗如雨下，他们才能吃上饭。

哥哥名叫阿澄，终日劳作，日渐富裕，又因为从小存钱，所以有了一大笔积蓄。他还拥有一座大农场，种植稻谷，养殖桑蚕，储存粮食，每年收益都不错。但谁能相信，他一点儿也不露富，显得吝啬而且令人讨厌，既不和人们道"早安"，也不为旅人送茶，更不给乞丐一口冷饭团吃。他的孩子一看他走近了就呜咽起来，妻子也很可怜。

弟弟名叫阿金，每天辛苦干活，却仍一贫如洗。他运气不好，桑蚕都死了，稻谷也长势不佳。不过，他生性开朗，是个喜欢唱小曲、喝清酒的单身汉。他十分乐意和最早造访他家的人同处一室，抽抽烟，吃顿简单的晚饭。他口才很好，擅长说笑，心地相当善良。然而，可惜的是，在现实中，一个人是不能成天靠爱和欢笑过日子的。现在，阿金过得很拮据。

"没有别的办法了。"他说，"只能带上我仅存的这点自尊心，去看看哥哥阿澄能不能帮帮我了。他若能慷慨解囊，就当我之前错看他了。"

于是，为了这次拜访，他从朋友那儿借了些衣服，又穿上整洁的袴，看起来和一个绅士别无二致。他还唱了一支小曲来振作精神。

当他看见衣衫褴褛的哥哥站在屋外时，顿觉自己看见了个妖怪。但他还是大喊道："你出来得真早，阿澄。"

"你也来得真早，阿金。"阿澄答道。

"我能进屋和你说会儿话吗？"阿金问。

"可以。"阿澄答，"不过，在这个时辰，我这里可没饭吃，也没酒喝。请你别太失望了。"

"那好吧。"阿金说，"正好我这次也不是冲着吃饭来的。"

他们进屋坐在叠席上。阿澄说："阿金，你穿的衣服真漂亮。你一定过得不错。我可舍不得穿着锦衣走泥巴路。时世艰难啊，真艰难！"

尽管并没有一个好的开始，阿金仍然鼓起勇气，大笑着说：

"哥哥，看看吧，这都是我借来的衣服。我自己的衣服全是破破烂烂的。我的稻谷蔫了，我的桑蚕也死了，我连重新买种子和蚕种的钱都没有。我想不出法子了，只知道你很富有，便过来向你求助。看在我们是兄弟的分儿上，请送我一小把种子和蚕种吧。"

听到这话，阿澄看起来既惊恐又沮丧，像是要晕倒了似的。

"哎呀！哎呀！"他说，"我是个穷人啊，是个穷光蛋！难道一定要让我搜刮我的妻子和可怜的孩子吗？"他一边唉声叹气，一边唠叨了半个小时。

长话短说，阿澄这么说完全是出于手足情谊。看在他们是兄弟的分儿上，他必须把蚕种和稻谷给阿金。于是，他拿来了一把死蚕种和一捧发霉的稻谷。"这些东西一点用都没有。"老狐狸自言自语，大笑起来。但他对自己的手足说，"给你，阿金。这是我仅有的最优质的蚕种，也是我仅剩的最上等的稻米。我没法给你更多的了。希望老天能原谅我搜刮了自己可怜的老婆和孩子。"

阿金衷心谢过哥哥的慷慨解囊，在叠席上连磕三个头，把蚕种和稻谷揣入袖中，便满心欢喜地蹦跳着走了，心想他的好运终于来了。不过走在泥巴路上时，他还是很小心地挽着裤，因为这些衣服都是他借来的。

回家时，他摘了一大捧桑叶，用来喂养即将从死蚕种里孵出的桑蚕。他坐下来等着桑蚕破茧而出。奇怪的是，尽管蚕种都是死的，桑蚕竟然孵出来了，还生机勃勃的，一眨眼就把桑叶吃完了，又立马开始结茧。阿金一下子开心起来，走出家门，向邻居们大谈自己的好运。这倒成了他犯错的开端。他看见一个四处叫卖的小贩，便请他向哥哥阿澄带个口信，告诉阿澄桑蚕长得不错，自己很感谢哥哥。这是他犯下的一个更大的错误。可惜的是，他没法一个人闷着乐。

阿澄听说了弟弟的好运后，心生不悦，很快就绑上草鞋，赶往阿金的农场。当他赶到农场时，阿金正好不在，但阿澄一点也不在乎，径直去看桑蚕，发现桑蚕已开始漂漂亮亮地吐丝结茧了。他取出一把锋利的小刀，把每只蚕茧对半切开后，就回家了。真是个坏人！阿金回来看见桑蚕时，不禁觉得它们看起来有些奇怪，挠着脑袋说："好像每只桑蚕都被切成了两半，全死了。"随后，他出门采了一大捧桑叶。被切成两半的桑蚕竟吃起了桑叶，又开始吐丝，数量比原先翻了一倍。本已死去的桑蚕又吐起了丝，这的确很蹊跷。

阿澄听说这件事后，便拿着一把锋利的刀子，把自己的桑蚕一切为二，却一无所获。桑蚕一动不动，全都死了。第二天早上，他的妻子不得不把桑蚕全扔了。

后来，阿金开始播撒他哥哥给的水稻种子。待幼苗长到碧绿时，他精心插秧。水稻苗壮成长，很快就结出了稻穗。

一天，一大群燕子飞了过来，落在阿金的稻田中。

"哎呀！哎呀！"阿金大叫道。他拍着巴掌，又挥舞起一根竹竿扑打它们。燕子飞走了，但两分钟后，又飞回来了。

"哎呀！哎呀！"阿金大叫道。他拍着巴掌，又挥舞起一根竹竿扑打它们。燕子飞走了，但两分钟后，又飞回来了。

"哎呀！哎呀！"阿金大叫道。他拍着巴掌，又挥舞起一根竹竿扑打它们。燕子飞走了，但两分钟后，又飞回来了。

到了第九次驱赶燕群时，阿金拿出手拭擦脸。"这都要成为习惯了。"他说。但两分钟后，燕子第十次飞了回来。"哎呀！哎呀！"阿金大喊道，追着燕子翻过山丘和山谷，跑过篱笆和沟渠，进入稻田和桑树林中，直到燕子飞出他的视线。最后，阿金发现自己身处一个草木葱茏的幽谷中，四周都是茂密的松树。他跑累了，便四仰八叉地躺在一片苔藓上，不久就进入梦乡，打起鼾来。

接下来，他开始做梦了，觉得自己看见了一群孩子走进了这片草木环绕的林中空地。他在梦境中清楚地知道自己身在何处。孩子们在松树的树干间来回穿梭，漂亮得既像花朵，又好似蝴蝶。他们每个人都赤脚跳着舞，蓬松乌黑的长发披在身上，他们的皮肤如梅花般洁白。

"不知福兮祸兮，"阿金自言自语道，"我看见了仙童。"

孩子们停下了舞蹈，在地上围坐成一圈。"头儿！头儿！"他们喊道，"把木槌给我们拿来。"随后，一个十四五岁的英俊男孩站了起来，他是这群孩子里年纪最大、个子最高的一个。他举起一块生满苔藓的石头，紧贴着阿金的脑袋。石头下有一根朴素的白木小槌。男孩拿起石头，走过去，站在孩子们围成的圈中，一边笑一边喊着："你们现在想要什么？"

"一只风筝，一只风筝。"其中一个孩子喊出声来。

男孩挥动着木槌，看啊，他变出了一只风筝！——这只大风筝还带着尾巴和一个漂亮的麻线球。

"现在，还想要什么？"男孩问。

"我想要板羽球球拍和板羽球。"一个小女孩说。

果然，女孩拿到了一只精美的板羽球球拍和二十只镀金板羽球。

"还想要什么呢？"男孩说。

"很多很多糖果。"

"真贪心啊！"男孩说，但他摇了一下木槌，糖果就变了出来。

"我想要绉纱红裙和织锦宽腰带。"

"虚荣的小姐！"男孩说，但还是摇了摇木槌，变出了一大堆沉甸甸的东西。

144 　"我要书，故事书。"

"这就好多了。"男孩说罢便拿出了成打的书。翻开书本，里面全是精美的图片。

此时，孩子们的心愿都被满足了，头儿把木槌放回了长满苔藓的石头下。孩子们玩了一阵子后，都累了。他们明亮的衣袍消失在幽暗树林中，甜美的声音渐行渐远，直到再也听不见了。万籁俱寂。

好人阿金醒了过来，发现夕阳落山，夜幕降临。长满苔藓的石头就在手边，他便拾了起来，发现下面放着木槌。

"现在，"阿金拾起木槌说，"请仙童们原谅我，我要厚着脸皮把这木槌借走了。"于是，他把木槌放在衣袖中，带回了家，花了一整晚的时间从木槌里摇出了金饰、清酒、新衣、农具、乐器，还有很多人们想都想不到的东西！

不难想象，阿金很快就变成了全村最富有、最快乐的农夫。他变得圆润富态，心胸越来越宽广善良。

但阿澄听到这个消息时是怎么想的呢？哎，这不，问题来了。阿澄嫉妒得脸都发青了，像青草一样。"我也要一个神仙木槌，"他说，"我也要一下子变富。为什么那个挥霍浪费的傻阿金运气那么好？"于是，他前去弟弟家讨要稻谷。弟弟很大方地给了他一大袋稻谷。阿澄不耐烦地等着稻谷丰收，心中狂躁不已。果不其然，稻谷成熟了，一大群燕子飞过来，啄食起饱满的稻穗。

"哎呀！哎呀！"阿澄大喊起来，一边拍手，一边大笑。燕子飞走了，阿澄紧追不舍，跟着它们翻过山丘和山谷，跑过篱笆和沟渠，进入稻田和桑树林中，直到燕子飞出了视线之外。最后，他发现自己身处一个草木葱茏的幽谷中，四周都是茂密的松树。他环顾着四周。

"应该就是这个地方了。"他说。于是，他躺倒在地，一只眼睁着，一只眼闭着，满心狡诈地等待着。

这时，仙童们来到了幽谷中！他们穿梭在松树的树干间，看起来十分有朝气。

"头儿！头儿！把木槌给我们。"他们大喊道。头儿走出来，捡起了长满苔藓的石头，却发现下面没有木槌！

仙童们都很生气，跺着小脚大喊大叫，来回乱跑。他们如此慌乱，全是因为木槌不见了。

"看，"头儿最后大喊道，"看这个丑陋的老农夫，一定是他拿走了我们的木槌。我们去揪他的鼻子。"

仙童们尖叫着扑向了阿澄，掐捏、拉扯他，还打他，用锋利的牙齿咬到他痛得直叫唤。最糟糕的是，他们揪住阿澄的鼻子不停地拽。鼻子被拽得越来越长，越来越长，一直垂到了腰间，又拖到了脚下。

天哪，看那些仙童笑得多开心啊！不一会儿，他们就像风中的落叶般蹦跳着跑开了。

阿澄叹了口气，呻吟了一下，又咒骂起来。尽管如此，他的鼻子一点都没有变短。于是，他沮丧地用手捧着长鼻子，来到了阿金家。

"阿金，我病得很重。"他说。

"确实如此，我看出来了。"阿金说，"这真是一场可怕的病。你是怎么染上的？"他十分善良，非但没有讥笑阿澄的鼻子，反倒因哥哥的不幸遭遇而眼泛泪光。阿澄心软了，把事情的原委告诉了弟弟，也说出了自己对死蚕种动的手脚和其他一些事情。他请求得到阿金的宽恕和帮助。

"稍等一下。"阿金说。

他从胸前拿出木槌，用它轻柔地摩擦着阿澄的长鼻子。果然，长鼻子立马开始变短，不出几分钟，就回到了原来的模样。阿澄开心得手舞足蹈。

阿金看着他说："如果换我变成了你这副模样，我就会回到家中，试着做一个奇人。"

阿澄离开后，阿金仍坐着沉思了好久。那晚月亮升起的时候，他随身带着木槌，走出屋外，来到了松林环绕的葱茏幽谷中，把木槌放回了石头下的老地方。

"在这世间所有对仙童不友善的人里，我是最后一个了。"他说。

# 宇内公主

宇内公主美如天仙下凡，但世人的眼睛可能看不到她。她住在父亲宫殿的密室里，每天她的快乐都无人可诉。父亲看管着她，母亲保护着她，年迈的乳母照料着她。这一切都源于此事：

公主七岁时，已有一头乌黑的披肩长发。有一天，一个年老的旅人来到她父亲的宫中，双腿酸痛，疲惫不堪。他在宫中受到了款待，好吃好喝了一顿。领主坐在一旁，领主的妻子对他热情有加。此时，小公主正在四处跑动，一会儿抓着母亲的衣袖，一会儿光着脚在叠席上蹦跳，一会儿在墙角拍打着一个红绿相间的大球。陌生人抬起眼，盯着小公主看。

吃完饭后，老人要来一大碗清水，从钱包里掏出一把纯银沙，让沙砾从指间滑落，沉入碗底。过了一会儿，他开口说话了。

"大人，"他对领主说，"我又饿又累时，您给我饭吃，还让我休息。我是个穷人，不知该如何答谢您。我是个专门算命的人，占卜技能声名远扬。为了报答您的好心，我已为您的孩子占卜过了未来，您愿意听听她的命运吗？"

孩子跪在房间的一角，拍打着红绿相间的球。

领主示意他继续说。

算命师望向那碗沉着沙的水，说："宇内公主长大后美貌过人，将如凡间的女神般闪耀。每个见过她的男人都会倾心于她，想要追求她。在她十五岁的时候，附近的一位壮士和远方的一位英雄将为她而死。她会招来痛苦和悲伤，人们将放声大哭，悲痛不已。哭声传到天界，惊扰了天神的安宁。"

领主问："这预言是真的吗？"

"大人，这预言千真万确。"算命师说，"一点儿不假。"说罢，他穿上草鞋，带着盘缠和大草帽，一言不发地走了。从此，村里的人再也没见过他，也没听到过有关他的消息。

孩子跪在房间的一角，拍打着红绿相间的球。

她的父母开始商量起来。

母亲边哭边说："随他去吧，谁能改变命运呢，就像又有谁能改变天庭织女的织布花型呢？"

但父亲大喊道："我要坚决与命运抗争，将危险消灭在萌芽当中。这样预言就不会发生了。我是谁，怎么会相信一个预言家的胡言乱语呢？"

他的妻子还是摇了摇头，叹了口气。而领主觉得自己是个堂堂男子汉，并不在意妻子的话。

于是，他们把孩子藏入一间密室中，让一个睿智的老乳母照顾她、养育她，为她洗澡、梳头，教她作曲、唱歌。乳母教她跳舞，让她的双脚如玫瑰色的蝴蝶般在白色叠席上飞舞，还在绣盘前铺开精美的刺绣图案，让公主久久地坐在那里飞针走线。

八年来，公主没见过其他人，只见过自己的父亲、母亲和乳母。她成天坐在偏远的房间中，远离了世间一切喧嚣和风景。唯有在夜晚月光闪耀、鸟儿沉睡、百花黯淡之时，她才会走入父亲的庭园里。年复一年，公主出落得越发美丽，头发垂到膝边，黑如乌云。她的额头宛如梅花，脸颊像野樱，一张小嘴好似石榴花。十五岁时，她虽终年

正当游吟歌者弹琴歌唱时，
一位英俊的年轻人从池畔玫瑰色的牡丹花丛中站了起来。
大伙儿都清楚地看见了他的明眸、他的宝剑和他的绣花外衣。
《牡丹》

樱子精通各种技艺，会弹三味线、古筝和琵琶，
也会摇小手鼓，还会谱曲歌唱。
《舞者樱子》

亚以子先是把金梳子别在头发上，而后展开扇子开始跳舞。
曼妙的舞姿翩如水中浪花，婉若空中浮云，轻似风中竹叶。
《金梳传奇》

　　母亲和睿智的乳母把她的头发高高盘在脑后，
将金子和珊瑚制成的发簪插入发间，用一把精致的漆器梳子束发。
　　她们为公主穿上灰色丝袍，又缠上织锦腰带。
《宇内公主》

　　我的好孩子，你知道我病得很重，不久我就会离开你和你爸爸了。
　　我走以后，答应我，你每天早晚都要看一看镜子。
　　在那里面你会看到我，知道我始终还在陪着你们。
　　　　　　《松山镜》

他怀抱琵琶，一边用手指拨奏琴弦，一边轻松地起头：
"致你雪白下巴上的泪珠。"
《黑碗》

女子解开了自己的腰带。那腰带上绣着一条眼珠剔透的金鳞龙。
她把腰带在爱人手臂上缠了九圈。

《宿命》

"真是个奇怪的东西，扁平又闪亮！"
她一边说，一边拿起镜子往里看。
《镜子》

不见天日，却成了世上最美丽的人。连太阳都心生嫉妒，因为只有月亮可以照耀着她。

除此之外，她的美貌远近闻名。她越被深藏屋中，男人们就越想得到她；她越不为人所见，男人们就越想一睹她的芳容。

远近各方的勇者战士和显赫绅士为了见上这位神秘的公主一面，纷纷涌向宇内的宫殿。他们手持利剑，在宇内家四周围成了人墙，发誓见不到公主绝不离开。若是公主不应允，他们就要动用武力了。

领主不得不出面调和，又让母亲把公主带下楼来。母亲带着她的一件灰色丝袍和一副绿金相间的织锦宽腰带走向密室，发现自己的女儿正坐在那里唱歌。

公主是这样唱的：

> "自从开天辟地，万物从未更迭，
> 河流恒久不绝，爱意不曾动摇。"

母亲诧异地说："这是什么歌啊？你是从哪儿听来了这样的情歌？"

她答道："我是从书里读到的。"

于是，母亲和睿智的乳母把她的头发高高盘在脑后，将金子和珊瑚制成的发簪插入发间，用一把精致的漆器梳子束发。"这可真沉啊！"公主说。

她们为公主穿上灰色丝袍，又缠上织锦腰带。这时，公主战栗着说："我好冷。"

随后，她们又为她披上一条绣着梅花和松树图案的斗篷，但她却不愿意穿，还说："不，不，我热得像要烧起来似的。"

她们用胭脂涂抹公主的嘴唇。她一看到就喃喃道："哎呀，我的嘴唇上有血啊！"不过，她们还是带她下了楼，走到了阳台上，那群想要一睹她芳容的男人聚集在楼下。

宇内公主美貌过人，如凡间的女神般闪耀。所有等候在那里的武士都抬头看着她，一声不吭，已然因心中涌起的爱意和渴求而眩晕了。公主站在那里，向下望去，脸颊渐渐发烫，还泛起了红晕，却比以前更可爱了。

七八十个显赫的男人爱得如痴如狂，想要牵她的手。其中两人尤其勇武高贵，胜过了其他男人。一人来自远方，是茅淳国的勇士；另一人来自附近，是宇内国的勇士。两人年轻力壮，满头黑发，岁数相仿，力气相当，都很勇敢。两人都带着宝剑，身背装满箭的箭筒，手持六英尺长的白木弓，并肩站在宇内公主的阳台下，无论从外貌上，还是从才华上来看，都像是一对双胞胎。

他们一起热情地大喊着，吐露着亘古不变的爱意，邀请公主在他们两人之间做出选择。

她抬眼凝视着两人，一言不发。

随后，他们拔出宝剑，似乎要就地决一死战。

公主的父亲开口说："尊敬的勇士们，收起你们的剑吧。我想到了一个更好的法子，可以决断此事。如果你们同意的话，请到我家来。"

宇内的宫殿有一部分修建在一处平台上，下方流淌着一条河。时值五月，攀附在架子上的紫藤开满了花，往下伸展到河水边。河水湍急深邃。领主带着两位勇士在前面走，公主紧随其后。但母亲和睿智的乳母站在稍远的一旁，用长袖子遮着脸。此时，一只白色的水鸟从蓝天中飞落下来，摇摇摆摆地盘旋在河面上方。

"现在，勇士们，"公主的父亲大喊道，"请你们把弓拿出来，各自朝着河面上盘旋的白色水鸟射一支箭。哪个人能射中鸟儿，证明自己的箭术更高超，就能迎娶我的女儿——举世无双的宇内公主。"

两位勇士立即拿出了白木弓，各自射出了一支箭。每支箭都飞速向前，击中了目标。茅淳的勇士射中了水鸟的脑袋，而宇内的勇士射中了水鸟的尾巴，弄得白羽毛四处飞散。随后，勇士们大喊道："真是闹够了，看来只有一种解决办法了。"于是，他们又从剑鞘中拔出了利剑。

公主站在一旁颤抖着，手拽着多节的紫藤蔓，一边战栗，一边摇晃着藤蔓，脆弱的花朵在她身边撒了一地。"大人，大人，"她喊道，"哦，勇敢英俊的大英雄，任何一人为我而死都是不合时宜的。我敬重你们两人，也爱着你们两人，所以，我选择告别。"说罢，她紧拽着紫藤，把身子半悬到露台外，随后坠入了深邃湍急的河流中。"别哭了，"她喊道，"今天死去的不是一个女人，只是一个孩子逝去了。"说完，她便沉入了河中。

来自茅淳和宇内的两位勇士几乎同时跳入了河中。可是，他们的身子因铠甲而变得沉重，没入了水中，还被长长的水草纠缠着。最终，三个人都溺水而亡了。

在夜晚月光闪耀的时候，苍白的遗体浮起来，漂在水面上。宇内的勇士挽着公主的右手，而茅淳的勇士把头靠在公主的胸口，还被公主的一束长发紧紧缠绕着。他仰面躺着，脸上带着笑容。

人们把这三具遗体抬出水面，一同放入美丽的白木棺材里，向他们身上撒满药草和芳香的花朵，还把一条上等的白绸面纱盖在他们的脸上，然后点火焚香。虽然公主离开了人世，勇者、武士和显赫的绅士依然爱着她，站在她的棺材前，手持利剑，围成人墙。气氛一片悲伤，人们哀痛不已，痛苦地高喊着，声音直达天界，惊扰了天神的安宁。

人们挖了一个又宽又深的墓穴，把三人埋了进去。他们把公主安放在中间，让两位勇士相伴她左右。出云国是茅淳勇士的出生地，人们便用罐子装了些出云国的泥土来埋葬他。

此后，公主便长眠于墓中，两位勇士忠诚地守卫着她，因为人们把勇士的白木弓、上等铠甲、长矛和利剑都作为陪葬品，同他们埋在一起。任何一件在黄泉国历险所必需的宝贝都不能落下。

# 鼠先生嫁女儿

　　鼠先生是村里有头有脸的大人物，至少他和他的太太对此深信不疑。其中一个原因自然是他的家族历史源远流长，颇受福禄之神眷顾。要知道，他的祖先可以追溯到遥远的过去，甚至是创世之初——要不然怎么解释他排在十二属相的第一位，比龙、虎和马都要靠前？若不是深受诸神眷顾，老鼠的祖先怎么会成为大黑天神[1]的御史，最受尊崇又最蒙福禄之神的庇佑？

　　鼠先生的日子过得十分殷实。他祖祖辈辈都把家安在温暖舒适的河岸边，靠近乡间最肥沃的稻田。那里的庄稼年年丰收：春天，他能吃到幼嫩的新芽；秋天，他能把熟透的谷子捡回家，让他在即将来临的凛冬里不用为粮食发愁。

　　他的需求不太多，偶有休闲娱乐，花费也不多，不像他的同胞。他的家庭成员很少，只生了一个女儿。

　　老话说得好，"贵在精而不在多"。虽然他只有一个女儿，却是全

---

[1]　大黑天神（Daikoku）：据说原来是印度的摩诃迦罗，是住在大荒天的佛，被祭祀在寺庙的厨房里。实际上，大黑天神虽是印度神灵，但是从印度传到中国，再由中国传到日本，被封为比睿山的守护神，还被祭祀在各寺院的食堂。一般老百姓认为他是掌管厨房和食堂的福神。据说，大黑天神的御史是老鼠，因为老鼠常能预知火灾、地震等灾祸的降临。所以，人们认为只有老鼠住在家里，才能得到大黑天神的庇护，如果连老鼠都没了，这家可就要衰败了。

国出了名的美女。鼠先生娶妻时没少遭到妒忌，因为他竟然那么有福气地娶了一位稀有的花斑鼠，他太太的家族很少能放下身价和普普通通的单色鼠家族结亲。鼠先生的女儿生得洁白如玉，被唤作"雪姬"，因为她和白雪一样纯净无瑕。

因为女儿如花似玉、样貌俱佳，引得鼠先生野心勃勃，指望着把她嫁给当地最有权有势的家族。

巧的是，离村庄不远处有一座香火旺盛的寺庙。鼠先生从小受到寺庙神圣气息的熏陶，时常到神殿拜祭。在那里，他认识了一位年迈的僧人，他曾经也是在这个村子长大的。鼠先生给老僧讲述村子里的奇闻异事，作为报答老僧为鼠先生出的点子。鼠先生也经常向他吐露心事。虽然老僧看出他这位朋友有点狂妄自大，却没能教会他谦卑的美德。

如今，鼠先生在村子里找不到一位可以指点迷津的朋友，能为他女儿指配一段美满的婚姻。无奈之下，他只好去寺庙找老僧拿个主意。一个夏天的清晨，鼠先生敲响铜锣唤来了他的朋友老僧。

"您好，鼠先生。我能为您效劳吗？"老僧说。他知道鼠先生总是无事不登三宝殿。

于是，鼠先生把自己的想法一股脑儿地全说了出来：他想找个有权有势的女婿，却不知道通过什么途径才能实现这个愿望。

老僧一时也没有好办法。他说这是一件难办的事情，需要从长计议。然而，到了第三天，老僧传达了如下的神谕："毋庸置疑，世上除了神明，就数太阳殿下威力无比、普泽众生。若我有个女儿，若我像您一样心比天高，我就会选择他。我还会在日落时分和他商量这件事，因为那个时候他会披上最为金光璀璨的锦袍。而且，那时正赶上他下朝后准备休息，最容易接近。若我是您，就会不失时机，于今晚落日余晖之时，带着妻女在柳杉大道上去见他。"

"感激不尽。"鼠先生说，"时间不等人，我会马上安排妻女准时等在您说的地方。"

"祝您好运。"僧人说，"希望下次再见面时，您已经是太阳殿下的岳父了。"

在说好的时辰，鼠先生夫妇和女儿都穿着家中最好的衣服来到柳杉大道。太阳渐渐落向地平线，照亮了参天古松下的昏暗角落。鼠先生自信满满地向太阳殿下问好，述说自己的心愿。

太阳殿下显然是个忙人，没时间拐弯抹角，便直截了当地回答："蒙您抬爱，将令爱许配给我，您为何选我为婿呢？"

鼠先生回答："我们决定将我们的女儿嫁给世上最有权势的那一位，这就是我们选择您的原因。"

"没错，"太阳殿下说，"您显然有充分的理由认为我在世间最具权势，可我却不幸地发现比我强大的另有其人，在他面前我也无能为力。您应该把女儿嫁给他。"

"您能告诉我们您说的是哪位大人吗？"鼠先生问。

"当然，"太阳殿下回答，"是云君。每当我想普照人间的时候，他横在我的前方，挡住我的脸，以至于我的臣子都无法看见我。每当他这样做的时候，我完全受制于他。因此，若您想找世上最有权威的人做您女儿——美丽的雪姬的如意郎君，云君才是不二人选。"

鼠先生和鼠太太不假思索地采纳了太阳殿下的建议，决定等待云君并尽早见到他。他们决定在云君起床前一个小时找到他，那时他会出现在距离他们村很远的一个山坡上。于是他们出发了，开始长途跋涉。鼠先生为了让女儿展现最美的容颜，所以没有太急着赶路。最后，他们没能赶在拂晓时分到达，而是在晚霞满天的时候方才爬上山顶，终于找到了蜷缩瞌睡的云君。云君看见一家人走过来，便彬彬有礼地起身欢迎他们。鼠先生一见到他就说明了来意。

云君回答说："对您嫁女的提议，我真的感到万分荣幸。威严的太阳殿下说得不错，我拥有使他威力尽失的法力。娶您的女儿对我来说是一件求之不得的事情。可是，既然您想找世上最有权势的人，就一定要去找风殿下。跟他相比，我实在不堪一击。只要他对我施展法力，我就不得不飘到遥远的天边。"

"这太不可思议了。"鼠先生说，"但我相信您的话，我会去问问风殿下，还请您告诉我他一会儿是否到这里来，我在哪里最容易遇到他。"

"恐怕我没法告诉你他路过这里的确切时间。每当他大驾光临时，总会最先惊动我的岗哨，但你看，他们现在都在静静地休息。我想风殿下这会儿正在遥远的东海上朝，若我是你，就会去海边等他。他在山里穿行时经常发怒，因为总是遇到障碍物，而他行走在海上时却少有这种烦恼。"

此时，他们正站在山坡上，离大海倒也不远，但对于雪姬这样的娇小姐来说却是路途漫漫，多走一里路都会使她牢骚满腹。她的父亲常常吹嘘自己曾周游到过海边——他藏在载满稻米的货车车厢里没花一分钱路费就到了那里。但是，她没理由抱怨他们不能乘货车去见风殿下，因为即便有车坐，这么隆重的订婚仪式怎么能去得那么狼狈呢！他们不得不在小渔村里的二流食宿中落脚。这并不能让她满意，因为他们都受不了鱼腥味。等了几天后，有迹象表明，风殿下将大驾光临，他们诚惶诚恐地在他从海上回来的必经之路上等待着。尽管风殿下距离岸边已经很近了，他们却根本没有看见他有云君所说的力量，因为他看起来温文尔雅。鼠太太马上插话评论道："永远不要根据道听途说来判断一个人，云君一定对风殿下怀恨在心。"

鼠先生见到风殿下迎面而来，立刻满脸堆笑地向他吐露了自己的心愿。风殿下本性诙谐，对鼠先生说："云君是在奉承我。他应该知道，当他对着我电闪雷鸣时，我在他面前完全无能为力。说我是世界上最有权势的人，这简直是无稽之谈。你们从哪里来？据我所知，你们当地有一位比我还要强大，那就是您邻居家的高墙。如果令爱必须嫁给这个世界上最强大的一位，就嫁给这堵墙吧，您会发现他是一个最有力量的佳婿。祝您好运。很遗憾不能让你们搭乘我的车辇回去，因为我今天不打算去那个方向，不然我会很乐意亲自把你们介绍给我强劲的对手。"

听罢此言，鼠先生一家灰心丧气。旅途的劳顿、一次次的心灰意冷让雪姬的姿色都衰减了几分，可鼠先生说如今只能回家了。他和那堵墙是老相识，却万万没想到他在世上有如此高的声誉——他还一直当他是个傻瓜咧！

他们长途跋涉往家赶，路途非常艰辛，因为乌云遮住了太阳，狂风卷着乌云，乌云戏弄似的从兜里洒出一把水，瞬时大雨滂沱。老鼠只得冒雨前行，全身污泥，疲惫不堪。老鼠一家到家时浑身湿漉漉的，筋疲力尽。幸运的是，他们刚找到风殿下所说的那面威力无比的墙时，倾盆大雨便落了下来，比路途中遇到的每一场雨都要大，而他们正好能躲在背风面的墙角下避雨。墙先生生性好奇，因为他的迎风面和背风面看不到彼此。当迎风面听到背风面与鼠先生说的话，确信他自海上而归时，迎风面立即问鼠先生是否带来了那个恶棍大风的消息。迎风面说，大风总是到它这里来找麻烦。

"哎呀，"鼠先生说，"我们前不久才见到他。他向您问好，还认为您在世间最有威力。"

"我最有威力？！他懂什么？就在昨天，你的侄儿，那只褐色的大老鼠，只是因为懒得绕道，就在我身上啃出一个洞来。他才是世上最有威力的！下次风再吹来，就会吹过那个洞，到时候他就会说你的侄子才最有威力！"

这时骤雨忽停，乌云飘散，阳光普照，鼠夫妇回家庆贺他们终于不用有辱门楣地把女儿下嫁给一点也不门当户对的邻居。

一个月以后，雪姬同意嫁给她的堂兄大褐鼠，鼠夫妇乐得合不拢嘴——他不正是世上最有威力的那一位吗？

# 愚笨水母与机灵猴子

从前，水母是一个非常帅气的家伙。他体形优美，像圆圆的满月，还像其他鱼儿一样拥有闪闪发光的鳞、鳍和尾巴。此外，他长着小脚丫，不仅可以在海中遨游，也能在陆地上行走。他每天快快乐乐、无忧无虑，龙王对他十分信任，宠爱有加。不过，他的祖母却总是念叨说他不会有好结果，因为他不用功读书。她说得真对呀，事实的确如此。

龙王娶了年轻的龙夫人没多久，她就病入膏肓，卧床不起。龙宫里的智者都摇头说她大限将至。名医从四面八方赶来，想尽办法为她治疗，却全无效果。可怜的王后仍旧气息奄奄。

龙王来到王后身前。

"亲爱的，"他对面色苍白的妻子说，"为了你，我死也心甘。"

"即使那样也无济于事啊。"她回答，"不过，如果你能为我找到猴子的肝脏，我吃了就可以活下去。"

"猴子的肝脏？！"龙王惊呼，"猴子的肝脏？！你在说什么呢？哦，我的宝贝儿。我到哪儿找猴子的肝脏去？难道你不知道，猴子住在山上的树林里，而我们住在深海中吗？"

泪珠从龙王后美丽的面容上滚落下来。

"如果吃不到猴子肝脏，我就会死的。"她说。

无奈，龙王召来了水母。

"王后必须得到一个猴子的肝脏。"他说，"只有这样，她的病才能好。"

"她为什么要猴子的肝脏？"水母问。

"为什么？她得把它吃了。"龙王回答。

"哦！"水母说。

"现在，"龙王说，"你速速去捉一只猴子。我听说他们住在森林里的大树上。快去，水母，带回一只猴子来。"

"我怎么说服猴子跟我回来呢？"水母问。

"告诉他海底龙宫的景色有多么的瑰丽。告诉他，他会在海底过得乐不思蜀，整日和美人鱼嬉戏做伴。"

"好的，"水母说，"我会这么跟他说的。"

于是，水母出发了。他游啊游，终于游到了岸边，来到了森林的大树下。果然，有一只猴子正坐在柿子树上吃柿子。

"找到了。"水母沾沾自喜，"我运气真好。"

"尊贵的猴子，"他说，"你想和我一起去海底龙宫吗？"

"我要怎么去呢？"猴子问。

"坐在我背上就行，"水母说，"我驮你去，你一点儿也不会觉得累。"

"可是，我为什么要去那儿呢？"猴子问，"我在这里过得很好啊。"

"哦，"水母说，"也难怪，你还对龙宫的华美和欢乐一无所知呢。在那儿你会快活无比，既富足又受人尊敬。还有啊，你从早到晚都能和美人鱼一起玩耍、嬉戏。"

"快带我去吧。"猴子说。

他从柿子树上滑下来，跳到了水母的背上。

回去的路上，才走了一半，水母就忍不住哈哈大笑起来。

"水母，你笑什么？"

"因为我很高兴，"水母答道，"只要你一到龙宫，那龙王呀，就会把你的肝脏取出来，给我们的王后服用，她的病就会好啦。"

"我的肝脏？"猴子暗吃一惊。

"是呀，没错。"水母回答。

"这下坏了。"猴子大喊，"真抱歉，你想要我的肝脏，可惜我忘了带了。说实话，我的肝脏实在太沉了，我把它挂在那棵柿子树上了。快点，快点，咱们回去取。"

就这样，他们又回去了，猴子嗖地跳到了柿子树上。

"天呀，我找不着了。"他说，"我把它丢在哪儿了？也可能是被其他捣蛋的猴子偷走了。"

如果水母当初好好念书，他还会被猴子骗吗？应该不会吧。他的祖母算是说对了。

"我得好好找找。"猴子说，"你最好先回龙宫，天黑以后再回去，龙王可能会发火儿。明天你再来接我，再见。"

水母于是和猴子友好道别，就这样走了。

龙王一看见水母，马上问道："猴子呢？"

"我明天再去接他。"水母说，又把前因后果给龙王讲了一遍。

龙王勃然大怒。他叫来刽子手，命令他们把水母狠狠打一顿。

"打碎他的骨头，"他大吼，"让他惨不成形。"

水母真是可悲呀！他就变成了现在这个模样。

至于年轻的龙王后呢，她听完这个故事开怀大笑。

"如果吃不到猴子的肝脏，我再想别的办法吧。"她说，"挑一件最华丽的锦衣，我要起来，我感觉好多了。"

# 松山镜

很久很久以前，在一个宁静的地方住着一对年轻的夫妻，他们有一个小女儿。夫妻二人非常爱她，将其视为掌上明珠。岁月流逝，人们已经忘记了他们的名字，只知道他们住的地方叫松山，位于越后国 [1]。

女儿刚出生不久，父亲要去日本的国都做生意，那是个繁华的大城市。因为路途遥远，妻子和孩子无法同行，他只好独自上路。他与妻女依依不舍地告别，还答应她们会带精美的礼物回家。

妻子从没出过远门，最远只到过邻近的村庄，一想到丈夫要长途跋涉，不禁有些担忧；不过她还是挺骄傲的，因为丈夫是村里第一个去大城市的人，那里住着王公贵族，还有让人大开眼界的各种奇珍异宝。

等到丈夫该回家的日子，她给女儿穿上最上等的衣服。她也换上丈夫很喜爱的漂亮的蓝裙子。

你一定能想象得到，当贤惠的妻子看到丈夫平安、健康地回家该会有多么高兴，也能想象小姑娘看到父亲带回来的漂亮玩具时，边笑边拍手的开心模样。他滔滔不绝地讲述着自己一路上的奇闻异事，以及在国都的各种见闻。

---

[1] 越后国（Province of Echigo）：日本古代的令制国之一，属北陆道，亦称越州，越后国的领域相当于现在的新潟县（除佐渡岛外）。

"我带回来一件宝贝，"他对妻子说，"这个东西叫'镜子'。你过来看，跟我说说你看见了什么。"他递给她一个素雅的白木盒子，打开盒子，她发现里面有一块圆圆的金属。其中一面是白色的，宛如披了一层银霜，雕饰着花鸟的图案；另一面似水晶般明亮。年轻的母亲看着镜子惊喜万分，镜中有一位女子唇瓣微启，双眸明亮，露出幸福的微笑。

"你看见什么了？"丈夫又问了一遍。看到妻子惊讶的表情，他很得意自己外出时见识到了新奇的事物。

"我看到一位美人在看着我，她张着嘴好像在说话，而且——天哪，真奇怪，她和我一样都穿着蓝裙子！"

"什么啊，傻女人，你看到的就是自己！"丈夫说，他因为知道妻子不知道的事情而沾沾自喜。"这圆盘名叫'镜子'。城里人人都有，可我们乡下却没人见过。"

妻子被这个礼物迷住了，对着镜子一连看了好几天也没看够；别忘了，这可是她有生以来第一次见到镜子，当然，这也是她第一次看到自己美丽的容貌。不过，她觉得每天都用这么珍贵的宝物太奢侈了，不久便把它锁到了箱子里，小心翼翼地把它和她最贵重的珍宝放在一起。

又过了很多年，这对夫妻的生活依然幸福。女儿给他们的生活带来了无限快乐，她出落得和母亲越发相像，孝顺又善良，人见人爱。母亲怕她由此而变得虚荣，便小心翼翼地把镜子藏起来，以防女儿照镜子后变得骄傲自负。

她从未向女儿提起过镜子，父亲也把这个宝贝忘在了脑后。所以，女儿长大后和母亲当初一样，对自己的美貌一无所知，也没听说过镜子这回事。

可是，这个幸福的家庭遭遇了突如其来的不幸，贤惠、善良的母亲生了病。尽管女儿日夜守在她身旁，悉心照料，她的病情还是一天天加重，最终走到了生命的最后一刻。

当这可怜的女子觉察到自己将不久于人世时，不由得悲从中来。她舍不得离父女俩而去，尤其放不下自己的小女儿。

她把女儿叫到身边嘱咐："我的好孩子，你知道我病得很重，不久我就会离开你和你爸爸了。我走以后，答应我，你每天早晚都要看一看镜子。在那里面你会看到我，知道我始终还在陪着你们。"交代之后，她把藏起来的镜子拿出来交给女儿。女儿满含热泪地答应了，母亲如释重负，随即安详地逝去了。

孝顺的女儿始终没有忘记妈妈的临终嘱托，每天清晨和夜晚都把镜子从盒子里拿出，专注地看很久很久。在镜子里，她又能看到逝去母亲那甜美的笑容，完全没有病榻上苍白、羸弱的模样，而是往昔年轻美丽的样子。每个夜晚，女孩都会把一天中遇到的困难和考验说给她听；每天早上，镜中人总是善解人意又满怀鼓励地望着她，让她信心十足地面对新的一天。

就这样，她每天都在母亲的注视下生活，像母亲生前那样努力，不辜负她的期望，不让母亲失望和悲伤。

她最大的快乐就是对着镜子说："妈妈，正如您所希望的，我今天过得很好。"

看到女儿每天早晚都对着镜子自言自语，父亲感到很奇怪，就问她为什么要这样。"爸爸，"她说，"我每天都在镜子里看到亲爱的妈妈，和她说话。"她把母亲的生前嘱托都告诉了父亲，还告诉父亲自己一直都在努力达成妈妈的心愿。女儿的单纯、忠诚、爱心和孝顺打动了父亲，他不禁潸然泪下。他不忍心告诉女儿实情——其实，在镜子里看到的不过是女儿自己甜美的面容，只不过，一天一天，女儿在不间断的关心和幻想中，越来越像她已经去世的母亲了。

# 黑 碗

很久以前，在离歌舞升平的大城市京都不远的乡下，住着一对老实的夫妇。他们的农舍在一处僻静之地，屋外是一片浓密的松树林。人们听说树林里不仅闹鬼，还到处是狐精。他们说，妖精在长满苔藓的地下修建了厨房，长鼻子天狗每个月在树林中举办三次茶会，而仙童会在每天早上七点前玩捉迷藏。

此外，人们还说这对老实的夫妇有点特别，女人是个神婆，男人可能是个术士。但可以肯定的是，他们对人类并无恶意。

他们生活贫困，有一个美丽的女儿。女儿像公主一样娇小漂亮，举止端庄优雅，但在田里却像个男孩一样辛苦劳作，在家里又是洗衣、烧饭，又是打井水的，与家庭主妇毫无二致。她身穿灰色土布外袍，总是光着脚，还用硬紫藤茎蔓扎着头发。她肤色黝黑，身材单薄，却是最可爱的穷姑娘，干苔藓也能当床睡，晚上没饭吃也无所谓。

在她品行端正的父亲去世后，她的神婆母亲也接着在那年病倒了。没过多久，母亲便躺在农舍的一个角落，等待大限的到来。女儿在她身旁悲泣不止。

"孩子，"母亲说，"你可知自己美如公主？"

"真的吗？"女儿一边回答，一边继续流泪。

"你可知自己举止端庄？"母亲说。

"真的吗？"女儿继续哽咽道。

"我的宝贝，"母亲说，"你别哭，先听我说好不好？"

于是，女儿不哭了。母亲躺在破旧的枕头上，女儿的脑袋紧紧依偎在母亲耳边。

"现在听好了，"母亲说，"以后也要记得，漂亮的穷姑娘是很不幸的。如果一个姑娘美丽、孤独又单纯，只有神灵才会帮助她。神灵会来帮你的，可怜的孩子。不过，我已想好另一种方式来帮你。去架子那儿把大黑碗拿过来。"

于是，女儿拿来了黑碗。

"看，现在我把它放在你头上。你将隐藏起你的美貌。"

"啊，妈妈，"可怜的孩子说，"碗好沉啊。"

"只有这样才能将你从更沉重的负担中解脱出来。"母亲说，"如果你爱我，就答应我，时辰不到，就不要把碗挪开。"

"我答应！我答应！但是我怎么才能知道时辰有没有到呢？"

"你会知道的……现在，把我带到屋外去，我想在美丽的清晨再看仙童一眼，看他们在森林中奔跑。"

于是，女儿头顶黑碗，搀扶着母亲，来到大树旁的绿草地上。这时，她们看见仙童穿梭在深色的树桩间，玩着捉迷藏。他们一边奔跑，一边微笑，闪亮的外衣翻飞着。母亲看着他们，笑了。早上七点还没到，她就安然地去世了，脸上仍带着笑容。

头顶木碗的姑娘做好了一小碗米饭后，马上就明白，她要么得挨饿，要么就得谋生。于是，她打扫了父母的坟墓，妥帖地供奉上清水，又背诵了很多经文。随后，她穿上草鞋，卷起灰外袍，露出红衬裙，把她的家神系在一块印着蓝色图案的手帕上，只身一人去谋出路了。多么勇敢的女孩啊！

她身材纤瘦，双足美丽，看上去很特别。很快她自己也察觉出来了。大黑碗罩着她的脑袋，在脸上投下阴影。当她走过一座村庄时，两个在溪水中浣衣的女人抬头盯着她看，爆发出大笑。

"真是妖怪转世。"其中一个女人说。

"看看她，"另一个女人大喊，"真是个不知羞耻的乡下妹子！看她脑袋上顶着黑碗，假模假样地在乡间晃荡，好像在对每个路过的男人说：'快来看看这里面是什么！'这真让人恶心透顶。"

穷姑娘继续往前走。有时，孩子们为了取乐，用泥巴和小石子打她。又有时，一些愚笨的村民待她十分粗野，不仅嘲笑她，还在她走路时拉住她的裙子，甚至把手放在木碗上，想使劲把碗从她的头上拽下来。但他们只这样捉弄过她一次，因为木碗像一株荨麻一样狠狠地蜇了他们，让这些地痞号叫着落荒而逃。

穷姑娘想要谋生，但谈何容易。她想找一份工作，但怎么才能找得到呢？没人想雇用一位头顶着黑碗的姑娘。

最后，在一个晴朗的日子里，姑娘累坏了，坐在石头上撕心裂肺地哭了起来。泪水从黑碗下流出来，滑过脸颊，挂在白净的下巴上。

一位游吟歌者背着他的琵琶，正好经过此地。他眼尖，看见了挂在姑娘白净下巴上的泪滴。不过，这是他在她脸上唯一能看见的部位。

"哦，头顶黑碗的姑娘，"他说，"你为何坐在路边哭泣？"

"我之所以哭，"她答道，"是因为世道艰辛。我既饿又累……没人能给我一份工作，或是给我点钱。"

"现在你这么不幸，"心地善良的游吟歌者说，"可我一分钱也没有，否则我就把钱给你了。我的确很同情你，但我现在竭尽全力，也只能为你作一首小曲。"

说罢，他怀抱琵琶，一边用手指拨奏琴弦，一边轻松地起头："致你雪白下巴上的泪珠。"话毕，他便唱了起来：

"路边白樱开，

头顶乌云黑！

野樱路边落，

小心乌云黑。

听那雨声响，

乌云洒落泪。

呜呼野樱啊，好花哪堪折，

好花哪堪折，飘零空悲切！"

"先生，我不懂您在唱什么。"头顶木碗的姑娘说。

"但这已经很直白了。"游吟歌者说完，便走开了。

他途经一个富裕的地主家中，走了进去。家仆让他在主人面前唱歌。

"为满足大家的心愿，"游吟歌者说，"我会唱一首新作的曲。"于是，他唱起了关于野樱和乌云的歌谣。

一曲唱毕，地主说："请告诉我这首歌是什么意思。"

"为满足大家的心愿，我来告诉你们。"游吟歌者说，"我在路边看见一位姑娘，她的脸蛋像野樱一样，头顶一个黑色大木碗。那就是我在歌中唱到的大朵乌云。我看见她的眼泪像雨水一般从木碗下流了出来，挂在她白净的下巴上。她说自己都饿哭了，因为没有人愿意雇用她或付她工钱。"

"现在，我可能会来帮助这个头上顶着碗的可怜姑娘。"地主说。

"如果您愿意的话，可以去帮帮她。"游吟歌者说，"她就坐在你家大门的不远处。"

后来，姑娘便开始在地主的农田里干活。她卷起灰外袍，用绳子把袖子绑在身后，在稻田间从早到晚劳作。她整天挥着镰刀，任凭阳光照在黑碗上。不过，她不仅有了饭吃，晚上还能睡好觉，渐渐变得心满意足起来。

她发现地主越来越器重自己，他让她一直在农田里干活，直到庄稼全都收割完毕。后来，地主的妻子生病了，繁重的家务没人来做，地主便带她到屋子里干活。现在，这位姑娘生活得很自在，快乐得像只鸟儿一样，歌颂着她的工作。每到晚上，她都会感激尊贵的神灵赐予她好运。但是，她仍然头顶着黑碗。

新年到了，地主的妻子说："真忙啊，真忙啊，又要擦洗，又要烧饭，又要缝纫；亲爱的，努力工作吧，我们一定要让屋子看上去干净整洁。"

"请放心，我一定会好好工作。"姑娘说完，便开始埋头干活，"但是，夫人，"她说，"容我斗胆问一句，我们这是要办一场宴席吗？"

"我们的确要办一场宴席，很多人都会来。"地主的妻子说，"我儿子现在住在热闹的大城市京都，他马上就要回家来看我们了。"

没过多久，地主的儿子回来了。他是个英俊的年轻人。左邻右舍都被邀来参加宴席，场面很是盛大。他们享受着盛宴，跳舞欢笑，还唱着歌，吃了很多碗美味的赤饭，喝了很多杯上等的清酒。此时，姑娘还头顶着碗，在厨房里谦卑地忙碌着，远远地站在一边。地主的妻子看在眼里，心想：这姑娘真是好心！一天，风和日丽，赴宴的人们把酒喝光了，想要找更多的酒喝。于是，地主的儿子拿起酒瓶，自己走进了厨房。进去之后，他看见姑娘正坐在柴火堆上，用一把破竹扇扇着炉火!

"我的老天,我一定得看看这黑碗下是什么。"英俊的年轻男子自言自语道。他每天都来照顾姑娘,尽可能地往黑碗里窥视,却看不到什么东西。不过,这对他来说似乎已经足够了,因为他再也不惦记热闹的大城市京都了,只是在家中一门心思地追求着姑娘。

他的父亲苦笑着,母亲焦躁不已。邻居们摊着手,也都无能为力。

"哦,亲爱的,亲爱的头顶木碗的姑娘,只有她才是我的新娘。我将来一定要娶她。"鲁莽的年轻人哭喊起来,立马为自己挑了个成婚的日子。

在大喜之日,全村的年轻女子都去欢送新娘。她们为她穿上美丽又昂贵的白绸袍子,又穿上绯红色的丝裤,还在她肩上披了蓝色、紫色和金色交织的披肩。她们聊着天,但新娘一言不发。她心中很是悲戚,一来是因为她什么都没带给新郎,二来是因为新郎的父母对儿子娶侍女为妻大为不悦。她什么都没说,泪珠在白净的下巴上泛着亮光。

"现在,把这个丑陋的旧碗拿走吧!"女子们大喊道,"是时候要用金梳子为新娘梳头了。"于是,她们把手放在碗上,准备把它移开,却怎么也移不动。

"再试一下吧。"她们一边说,一边用力去拽那个碗。碗却纹丝不动。

"这碗一定是中了巫术。"她们说,"再试一次吧。"于是,她们试着拽了第三次,但碗仍然紧紧地扣在姑娘头上。不过,这一次,木碗发出了令人害怕的号叫声。

"啊!算了吧,行行好吧,别弄了。"可怜的新娘说,"你们把我的脑袋弄疼了。"

她们不得不带着她来到新郎面前。

"亲爱的，我不怕这个木碗。"年轻男子说。

于是，他们把清酒从银壶中倒了出来。两人用银杯喝完了传统的交杯酒，便结为夫妻。

随后，黑碗裂开了，发出巨大的响声，摔在地上碎成了一片一片的。顿时，金银、珍珠、红宝石、翡翠，还有其他名贵的珠宝，都像下雨一样落了下来。在场的人们都惊呆了，看着这位本应特别富有的姑娘公主般的嫁妆。

但是，新郎望着新娘的面庞，说："我亲爱的，你的眼睛是最闪亮的，胜过任何一件珠宝。"

# 乳　母

　　井出武士娶了一位美丽的妻子，他们生了一个儿子，名叫和贺。井出能征善战，常年在外为领主效力，很少回家。和贺由母亲和忠实的乳母养育。乳母名叫阿松——松树结实而长青，人如其名，阿松也是个坚强、刚韧的女人。

　　井出家有一把祖传宝剑，家族中曾有一位先人在战场上用此剑手刃敌军士兵八十四人。这柄剑是井出最珍贵的宝物，他把剑和家中的神像一起放在一个安全的地方。

　　每天早晚，年幼的和贺都要祭拜供奉的神明，以铭记他祖上的荣光。每当这时，乳母阿松都会跪在他的身旁。

　　每天早晚，和贺都会说：“让我看看宝剑吧，阿松奶妈。”

　　阿松会说：“好的，少爷，我拿给你看。”

　　她会取出宝剑，揭开包裹宝剑的金红色锦缎，从金剑鞘中抽出锃亮的宝剑，呈现在和贺面前。男孩向宝剑深深叩拜。

　　阿松在男孩睡觉前会给他唱歌谣和催眠曲。她唱道：

　　　　“睡吧，我的孩子，香甜地睡吧——
　　　　你知道那个秘密吗，
　　　　夜魔小兔的秘密？
　　　　睡吧，我的孩子，香甜地睡吧——

你该知道这个秘密。

哦，神气的夜魔小兔啊，

它的耳朵长又长！

为什么呢，我的小可爱？

你该知道这个秘密，

它妈妈吃了竹子种子。

嘘！嘘！

它妈妈吃了枇杷种子。

嘘！嘘！

睡吧，我的孩子，香甜地睡吧——

如今你已知道这个秘密。"

唱完之后阿松问："你想睡觉了吗，和贺少爷？"

孩子回答："我现在就要睡着了，阿松。"

"听好，少爷，"她说，"无论睡着还是醒着，请时刻铭记，那把剑是你的珍宝、依靠和福气。请珍惜它，守护它，保管好它。"

"我会时刻铭记的。"和贺保证。

后来，和贺的母亲不幸身染重病去世了，悲伤笼罩着井出家。过了几年，武士又娶了一个妻子，生了另一个儿子——五郎。有一次，武士中了埋伏不幸遇难，他的护卫把他的遗体运回家，和祖先们埋葬在一起。

和贺成了井出家的一家之主，可他的继母贞子夫人却很不高兴。她居心叵测，整天皱着眉头盘算着，就连抱孩子走路时都在盘算，晚上也在辗转反侧。

"我的儿子像个乞丐，而和贺却是一家之主，真是难以容忍，厄运应当降临在他的头上！"恶毒的女人诅咒道，"真受不了！我的儿子像个乞丐！真想亲手把和贺掐死……"她一边翻来覆去地骂，一边寻思着坏主意。

和贺十五岁的时候，她把他赶出家门，只给他一件遮身的破衣服，还让他赤着脚，没给他一口干粮、一滴水或一分钱。

"母亲大人，"他说，"你为什么对我这么狠？为什么要夺走我与生俱来的权力？"

"我不知道什么与生俱来的权力。"她呵斥道，"走吧，去自食其力吧。如今你弟弟五郎是井出家的主人了。"

说完，她就命人关上了大门。

和贺伤心地离开了家，在十字街头遇到了乳母阿松。她已准备好和他一起上路：她披着打着褶的袍子，拄着木杖，穿着草鞋。

"少爷，"她说，"无论你到天涯海角，我都跟着你。"

和贺流着泪扑进她的怀里。

"啊，奶妈，奶妈！"他情不自禁地叫着，"我父亲的剑怎么办？我失去了井出家的宝剑。那把剑是我的珍宝、依靠和福气。我本应珍惜它，守护它，保管好它。可如今我失去了它。我好难过！我完了，整个井出家族都完了！"

"哦，别这么说，少爷。"阿松说，"我这里有金子。你先走，我回去守护好井出家的宝剑。"

于是，和贺带着乳母给的金子上了路。

阿松则径直去了祠堂，将宝剑取出，把它深埋进地下，直到有一天她可以把宝剑安全地带给小少爷。

很快，贞子夫人就发现宝剑不见了。

"一定是那个奶妈干的！"她喊道，"奶妈偷走了宝剑……把她给我带过来。"

下人粗暴地把阿松带到贞子夫人面前。可无论怎么拷问，阿松就是不开口。她一个字也不说，紧紧咬着薄唇。贞子夫人到最后也没有探听到宝剑的下落。

"真是个固执的女人。"她说，"不要紧。我想了个好法子。"

她把阿松关进漆黑的地牢，不给她饭吃，也不给她水喝。贞子夫人每天到地牢门口盘问她。

"好了，"她问，"井出家的宝剑在哪儿？你说不说？"

可阿松还是一个字也不肯说。

她一个人在黑暗中的时候会流泪叹息："唉！唉！我没办法活着见到少爷了。可他必须得拿到井出家的宝剑，我一定要想出个办法。"

当时正是夏天。七天过去了，贞子夫人在傍晚时去园亭乘凉，突然看到庭园的花草丛中走出一个女子。她身材苗条，弱不禁风，走起路来身子摇摇晃晃，步履蹒跚。

"天哪，真是怪事！"贞子夫人惊呼道，"这不是阿松吗？可她该在漆黑的地牢里啊！"她坐在那里，定神细看。

阿松来到她埋藏宝剑的地方，挖开了泥土。她一边挖土一边哭泣、哀叹。锋利的石子划破她的双手，流出了血。她仍挖着土，终于找到了裹着金红色锦缎的宝剑，怀抱着宝剑放声大哭。

贞子夫人尖声叫道："恶婆娘，我抓到你了。还有井出家的剑！"她从园亭里飞快跑过来，伸手要抓阿松的袖子，可没抓到她，也没抓到剑，因为阿松转眼间就消失了。贞子夫人扑了个空。她立即去了黑牢，命下人点燃火炬。他们发现阿松躺在地牢中，身体已经冰冷。

"把神婆找来。"贞子夫人说。

下人找来神婆，贞子夫人问："她死了多久了？"

神婆回答："已经死了两天了，她是饿死的。你应当好好安葬她，她有个善良的灵魂。"

井出家的宝剑依然下落不明。

和贺躺在路边客栈的矮床上，辗转难眠。突然，他的乳母出现了，跪在他的床边。他的心情立即平静下来了。

阿松问："你想睡觉了吗，和贺少爷？"

他回答："我现在就要睡着了，阿松。"

"听好，少爷，请时刻铭记，这把剑是你的珍宝、依靠和福气。珍惜它，守护它，保管好它。"

宝剑裹在金红色的锦缎里，阿松把它放到和贺身旁。男孩翻身睡着了，双手还是紧紧地搂住剑。

"我会时刻铭记的。"他喃喃道。

# 舞者樱子

　　这是一个关于江户的美丽舞者——樱子的故事。樱子是一名艺伎，乃武士之女。父亲过世后，为了养活母亲，樱子卖身为奴。唉，真是可怜！买她的钱被称为"血泪钱"。

　　她住在狭窄的艺伎街。这里红白灯笼随风招摇，街边的梅树繁花簇簇。从早到晚整条街乐声悠扬，三味线琴声不绝于耳。

　　樱子精通各种技艺，会弹三味线、古筝和琵琶，也会摇小手鼓，还会谱曲歌唱。樱子的眼睛如柳叶般细长，秀发乌黑，手如柔荑。她有惊艳的美貌，人见人爱。从早到晚，她强颜欢笑，从不流露自己内心的想法。在一天中最凉爽的时候，她站在艺馆的走廊上俯瞰艺伎街，思绪万千。来往的路人看到她总会交头接耳："看啊，樱子站在那里，就是那个传说中像樱花一样的女子，江户的美丽舞者，风华绝代的艺伎。"

　　可是，樱子俯首沉思着自语："艺伎街的狭窄街道是一个伤心苦涩之地，艺馆里充盈着痴心妄想和徒劳的悔恨；青春、爱恋和悲伤以此为家。庭园中的花朵都是用泪水浇灌的。"

　　江户的富商整日寻欢作乐，夜夜让樱子陪伴。艺伎们脸额施粉黛，唇间点绛红。樱子穿着赤金、绀紫、烟灰、葱绿、缃色等五彩缤纷的丝绸盛装，腰间系着华贵的锦缎宽腰带，发髻上别着珊瑚和翡翠发饰，用金梳子和玳瑁束在一起。她为客人斟倒清酒，取悦、迎合他们。不仅如此，她还为客人跳舞。

177

有三位诗人描写过她的舞姿。其中一位说："伊人轻盈似七彩蜻蜓。"

另一位说："舞动如破晓时之袅袅晨雾。"

还有一位说："身姿如倒映在水中之依依垂柳。"

樱子有三位追求者。

第一位是个家财万贯、在江户有权有势的中年人。他派一个仆人带着金钱来到艺伎街，却被樱子拒之门外。

"你找错人了，客人。"她说，"你没找对地方。你应该去玩具店给你的主人买一个玩偶。告诉他，这里没有玩偶。"

事后这个主人又亲自登门。"跟我走吧，樱子姑娘，"他说，"我一定要拥有你。"

"一定要？"她疑惑不解，垂下狭长的双眼。

"没错。"他说，"非此不可，樱子姑娘。"

"你能给我什么呢？"她问。

"精美的服饰、绫罗绸缎、豪宅、白色叠席和清凉的长廊；伺候你的仆人、金簪——你要什么就给你什么。"

"我该给你什么呢？"她问。

"你自己，只要你就行，樱子姑娘。"

"身和心？"她问。

他回答她说："身和心。"

"现在，该说再见了。"她说，"我还是想当一名艺伎。艺伎的日子很快乐。"她笑着说。

于是，第一个追求者铩羽而归。

第二个追求者是个老头子。年长而睿智当然是好事，可他却年迈又愚蠢。"樱子！"他一见樱子就大叫道，"啊，无情的女人，我疯狂地爱上了你！"

"大人，"她说，"我当然相信。"

他说："我没有那么老。"

"看在上天的分儿上，"她告诉他，"您还是好好回去安度晚年吧，回家好好修身养性。"可这位追求者却不听她的劝告，还命她晚上到自己的府邸中参加专门为她准备的宴会。宴会临近结束的时候，她身穿猩红裤、金色锦衣献上了一支舞。舞毕，老头儿让她坐在自己身旁，同喝共饮。为他们倒清酒的艺伎名叫银澜。

樱子和她老迈的求爱者一起喝酒的时候，他搂着她大声说：

"来吧，宝贝儿，我的新娘，你生生世世都属于我——酒杯里下了毒。别害怕，我们两人会一起死去。陪我共赴冥土吧。"

樱子却说："银澜姐姐和我都不是小孩子了，也不是容易上当的老糊涂。我没喝清酒，不会中毒。银澜姐姐在我杯子里倒的是清茶。对不住了。不过，在你死前我都会陪着你的。"

他死在她怀里，最终一个人去往冥土。

"唉！唉！"樱子慨叹。她的银澜姐姐却劝诫她："珍惜你的眼泪，别把眼泪浪费在这种人身上。"

这便是第二位追求者的下场。

第三个追求者年轻、勇敢又乐观，性格冲动，长相俊朗。他在父亲的宅邸举行的庆典上第一次见到樱子时便一见倾心。为了再次见到她，他寻遍了艺伎街的各个角落。有一次，当樱子靠在伎馆走廊的扶栏上时，他终于找到了她。

她探身望着艺伎街，唱起歌来：

　　"妈妈命我纺细线，
　　黄线却要海砂编——

多么难，多么难。

帮帮我啊天上仙！

爸爸给我一只篮，

'要用泉水来盛满，

再把三里路走完'——

多么难，多么难。

帮帮我啊天上仙！

我的心会记得，

我的心须忘却；

忘了吧，我的心，忘了吧——

多么难，多么难。

帮帮我啊天上仙！"

180

一曲唱毕。年轻男子看到泪水充盈了她的双眼。

"你记得我吗，"他喊，"樱子姑娘？我昨晚在父亲家见过你。"

"记得，少爷，"她回答，"记得很清楚。"

他说："我已经不小了，而且我爱你，樱子姑娘。不要对我那么冷酷，听我说，跟我走吧，做我的妻子。"

她立刻满脸绯红，从额头一直红到脖颈。

"亲爱的，"年轻人说，"现在你真的像樱花一样了。"

"孩子，"她说，"回家吧，别再想我了。对你来说我太老啦。"

"老？！"他说，"怎么能这么说，你我年龄相差还不到一岁！"

"不，不是相差一岁，而是永恒的差距，别再想我了。"樱子说。可是追求者心里却只有她，爱情的火焰在胸中燃烧。他茶饭不思，夜不能寐。因为痛苦，他日渐憔悴，整天神志恍惚。失恋使他心情沉重，度日如年，身体一天天虚弱下去。一天晚上，他晕倒在艺伎街的街口。樱子在一座豪宅参加完宴会后，清晨回家的时候发现了他。她二话不说，把他背回了他远在江户城外的家，在他身边照顾了三天三夜。他又恢复了往日的好气色。美好的时光对两个人来说转瞬即逝。

"这是我生命中最美好的时光。感谢神明。"一天晚上，樱子这样说。

"亲爱的，"年轻男子对她说，"去拿三味线来，让我听你唱首歌吧。"

她取来三味线，说："我想唱那首你听过的歌。"

> "妈妈命我纺细线，
> 　黄线却要海砂编——
> 多么难，多么难。
> 帮帮我啊天上仙！
> 爸爸给我一只篮，
> '要用泉水来盛满，
> 　再把三里路走完'——
> 多么难，多么难。
> 帮帮我啊天上仙！
> 我的心会记得，
> 　我的心须忘却；
> 忘了吧，我的心，忘了吧——
> 多么难，多么难。
> 帮帮我啊天上仙！"

"亲爱的，"他问，"这首歌是什么意思？为什么唱它？"

她答道："大人，意思是我必须离你而去，所以我唱这首歌。我必须把你忘了；你也要忘了我。那便是我的心愿。"

他坚定地说："我永远也不会忘记你，生生世世。"

她面露微笑："我祈求上苍，赐你一个美丽的妻子，你们生许多孩子。"

他喊道："除了你我谁也不娶，我只要属于我们的孩子，樱子姑娘。"

"诸神不允，亲爱的，亲爱的。我们相隔万水千山。"

第二天，她消失了。年轻的追求者伤心欲绝，到处寻找，却都徒劳无果。江户城不再有她的倩影——樱子，美丽的舞者。

她的追求者痛苦了很长一段日子。最终，他释怀了。人们为他挑选了一位甜美动人的女子，他欣然娶她为妻，很快他们有了一个儿子。他重新振作起来，因为时间是治愈悲伤最好的良药。

一转眼，男孩五岁了。有一天，他正坐在自家门前，这时走来了一个化缘的尼姑。家里的仆从端来了米饭，正要倒进她的化缘钵里，小孩突然说："让我来吧。"

男孩亲自把米饭倒给尼姑。

他把米饭装满了化缘钵，又用木勺轻轻地拍着米饭，笑意盈盈。尼姑抓住男孩的衣袖，仔细地端详他的眼睛。

"尼姑，你为什么这样看我？"孩子叫道。

她说："因为我以前也有一个像你这样的小男孩，我却离开了他。"

"可怜的小男孩！"孩子说。

"但对他来说是幸事，亲爱的，亲爱的——是万幸之事。"

她一边这么说着，一边走远了。

# 宿　命

　　年轻人伊藤带刀正走在从京都返乡的路上。他独自一人，低着头，思虑重重，想着在京都所办的差事。日落西山的时候，他走到了荒野中一条僻静的古道上。荒野上到处都是岩石，开满了夏日的花朵，还生着不少树干扭曲树枝多节的黑松树。

　　伊藤带刀举目眺望，看到前方有一个女子的身影。女子身材苗条，身着朴素的蓝色棉布长袍，在越发浓重的夜幕中轻快地独自前行。

　　"我猜她是哪家贵族小姐的侍女。"伊藤带刀自言自语地说，"这么晚了，一个小女孩走这样偏僻的路未免也太孤单了些。"

　　于是，年轻人加快了步伐，追上了少女。"孩子，"他非常温和地说，"既然我们都走这条荒路，不如搭个伴一起走。现在黄昏已过，天快要黑了。"

　　漂亮的少女转过身，眼睛明亮，唇畔带着笑意。

　　"先生，"她说，"我家小姐会非常高兴的。"

　　"你家小姐？"伊藤带刀疑惑不解。

　　"正是，先生，您来了她一定非常高兴。"

　　"因为我来了？"

　　"没错，真是过了好久了。"侍女说，"不过，现在她不会那样想了。"

"她不会怎么？"伊藤带刀问。他走在少女身边，感觉如梦如幻。

不久，他们来到路边的一座小房子前。房前有一个别致的小庭园，庭园里有一座石桥，桥下流水淙淙。房子周围绕着一圈竹篱笆，篱笆上有一个小门。

"我家小姐就住在这里。"侍女说。他们从小门进了庭园。

伊藤带刀来到房门前，看到有一位女子等在门口。

她说："你终于来了，我的大人，带给我安慰。"

他回答："我来了。"

说话间，他突然意识到自己爱上了这个女子。情不知所起，一往而深。

"哦，爱情，爱情。"他喃喃道，"爱情来得真不是时候啊！"

她握住了他的手，一同走进房子内一间有着白色叠席和圆窗格的房间。

窗前的百合花插在花瓶的清水中。

两个人就坐在这间屋子里互诉衷情。

过了一会儿，一位老妇端着装满清酒的银壶走了进来，还带来了银杯和酒具。伊藤带刀和小姐连喝了三巡九杯酒。喝完后，女子说："亲爱的，我们去赏月吧，你看，幽幽夜色如翡……"

他们走出房间，穿过小庭园，走出竹篱小门。小门被关上之后，渐渐消失在薄雾中，没有留下半点踪迹。

"咦，这是怎么回事？"伊藤带刀叫道。

"随它去吧，我的爱人。"女子笑着说，"我们走吧，我们不再需要它们了。"

伊藤带刀发现他和女子走到了荒野之中，周围环绕着亭亭玉立的百合花。他们在这个漫长的夜晚相对而立，久久地凝视着彼此的眼睛。天将破晓，女子感到一丝不安，深深叹了口气。

伊藤带刀问道："小姐，你为什么叹气？"

在他问话时，女子解开了自己的腰带。那腰带上绣着一条眼珠剔透的金鳞龙。她把腰带在爱人手臂上缠了九圈，然后答道："亲爱的，我们即将分别：这是我们分离的年限，届时我们会再相见。"她边说边轻抚他手臂上环绕的金腰带。

伊藤带刀高声问道："我的爱人，你是谁？告诉我你的名字……"

她说："哦，亲爱的，你我相逢何必相识？……我要到平原上找我的族人去了。别跟着我……等我。"

女子说完，便如薄雾一般缓缓消失了。伊藤带刀跪在地上爬向她，想伸手抓住她的衣袖，却无济于事。他的手变得冰冷，像死了似的，他僵硬地躺在日出前的晦暗大地上。

当太阳升起的时候，他坐了起来。

"平原，"他喃喃自语，"低矮的平原……我在那里能找到她。"于是，手臂上还缠着金腰带，他飞快地跑向低处的平原。当他跑到一条宽阔的河边时，看到有人站在绿油油的岸边，河里有几艘载满鲜花的船，船上有红石竹、风铃草、麒麟草和绣线菊。河岸上的人们对伊藤带刀喊：

"留下来吧。昨夜是魂灵夜，亡魂会游荡到人间，在人间随风飘荡。今天他们就返回黄泉了。他们乘坐花船，依河而走。留下和我们一起送别亡魂上路吧。"

伊藤带刀大喊道："愿灵魂一路顺风……可我不能留下。"

他执着地来到平原，却没有找到他的爱人。在那里，除了爬满荨麻的古墓和随风起伏的绿草外，一片荒芜。

伊藤带刀回到自己的家，独自生活了九年，从未想过成家生子。

"噢，我的爱人。"他说，"我等你等得好苦……亲爱的，不要失约啊。"

九年过去了，魂灵夜那天，他等在庭园里。他看到一个女子款款向他走来，慢慢穿过了庭园，身影袅袅婷婷。那是一个身材纤细的女孩，穿着朴素的蓝色棉布长袍。伊藤带刀连忙站起来。

"孩子，"他异常温柔地说，"既然我们都走这条荒路，不如搭个伴一起走，现在黄昏已过，天快要黑了。"

少女看向他，眼睛明亮，唇畔带笑。

"先生，"她说，"我家小姐会非常高兴的。"

"她会高兴吗？"伊藤带刀问。

"过了好久了。"

"我度日如年。"他叹道。

"但如今你不会这么想了……"

"带我去找你家小姐吧。"伊藤带刀说，"领着我，我已经看不见东西了；扶着我，我的身子很虚弱；别放开我的手，因为我很怕。带我去找你家小姐吧。"伊藤带刀说。

第二天早上，他的侍从发现他静静地躺在庭园的树荫下，已经逝去多时了。

日本神话故事与传说：
戈布尔插图本

[英] 格雷丝·詹姆斯 著
[英] 沃里克·戈布尔 绘
姜帆、王梓欢 译

特别感谢：魏丹

图书在版编目（CIP）数据

日本神话故事与传说：戈布尔插图本 /（英）格雷
丝·詹姆斯著；（英）沃里克·戈布尔绘；姜帆，王梓
欢译 . – 北京：北京联合出版公司，2018.1
ISBN 978-7-5596-1262-5

Ⅰ . ①日 … Ⅱ . ①格 … ②沃 … ③姜 … ④王 … Ⅲ .
①神话－作品集－日本②民间故事－作品集－日本 Ⅳ .
① I313.73

中国版本图书馆 CIP 数据核字 (2017) 第 280434 号

Green Willow and
Other Japanese Fairy Tales

by Grace James
Illustrated by Warwick Goble

策　　划　　译言古登堡计划 × 联合天际·任菲
责任编辑　　肖　桓
特约编辑　　徐　艺
美术编辑　　晓　园
封面设计　　@broussaille 私制

未
UnRead
—
文艺家

出　　版　　北京联合出版公司
　　　　　　北京市西城区德外大街 83 号楼 9 层　100088
发　　行　　北京联合天畅发行公司
印　　刷　　北京联兴盛业印刷股份有限公司
经　　销　　新华书店
字　　数　　150 千字
开　　本　　889 毫米 × 1194 毫米 1/32　7.5 印张
版　　次　　2018 年 1 月第 1 版　2018 年 1 月第 1 次印刷
I S B N　978-7-5596-1262-5
定　　价　　78.00 元

关注未读好书

未读 CLUB
会员服务平台

译言古登堡计划
Yeeyan Gutenberg Project